古典文獻研究輯刊

十八編

曾永義 主編

第3冊

青樓青山青史——
河東君與《柳如是別傳》新論（上）

李栩鈺 著

國家圖書館出版品預行編目資料

青樓青山青史——河東君與《柳如是別傳》新論（上）／李栩鈺
著—初版—新北市：花木蘭文化事業有限公司，2018〔民
107〕
序 6+ 目 4+ 面 182；19×26 公分
（古典文學研究輯刊 十八編；第 3 冊）
ISBN 978-986-485-504-9（精裝）
1. 柳如是別傳 2. 研究考訂
820.8   107011618

ISBN- 978-986-485-504-9

古典文學研究輯刊
十八編　第三冊　　　　　ISBN：978-986-485-504-9

青樓青山青史——
河東君與《柳如是別傳》新論（上）

作　　者　李栩鈺
主　　編　曾永義
總 編 輯　杜潔祥
副總編輯　楊嘉樂
編　　輯　許郁翎、王筑　美術編輯　陳逸婷
出　　版　花木蘭文化事業有限公司
發 行 人　高小娟
聯絡地址　235 新北市中和區中安街七二號十三樓
　　　　　電話：02-2923-1455 ／傳真：02-2923-1452
網　　址　http://www.huamulan.tw 信箱 hml 810518@gmail.com
印　　刷　普羅文化出版廣告事業
初　　版　2018 年 9 月
全書字數　223824 字
定　　價　十八編 15 冊（精裝）新台幣 29,000 元

青樓青山青史——
河東君與《柳如是別傳》新論（上）

李栩鈺　著

作者簡介

李栩鈺，中央大學中文研究所博士、清華大學文學所碩士，嶺東科技大學通識教育中心博雅學群副教授。授課科目：《紅樓夢》與藝術人生、古典小說的藝想視界、明清文學與小品人生、中文閱讀與鑑賞、中文應用書寫表達、群己人倫與生命關懷、南湖社區大學生命教育課程等。專著：《《午夢堂集》女性作品研究》、《文學女性與女性文學——不離不棄鴛鴦夢》。與林宗毅合編：《中國文學名篇選讀》、《2009 秋‧百家藝談》、《2010 春‧百家講藝》、《紅樓‧文化記藝》。建國百年創辦臺中市紅樓西廂創藝學會，主編《藝見學刊》。

主辦「BOOK 思藝：2018 科技‧設計‧經典學術研討會」2018.9.29、「2017 文化技藝‧城市設計學術研討會」2017.9.22、「2016 山水‧經典‧設計 學術研討會」2016.9.10、「2015 生命教育與人文經典學術研討會」2015.9.19、「2015 經典‧閱讀‧書寫 學術研討會」2015.3.7、慈青社愛灑講座、翔恩游藝社百家講座、982 教育部優質通識教育「臺灣紅學的文化記憶」計畫主持人，並主辦跨校性（嶺東、靜宜）文物展及校內三場講座：2011.3.17 康來新教授—從講臺到舞臺的臺灣紅學、2011.3.31 陳萬益教授— 1. 林黛玉與薛寶釵 2. 寶玉出家、2011.4.14 陳益源教授—情色紅樓，建置「本國語文——臺灣紅學的化記憶」教學網站：http://web.ltu.edu.tw/~982red/。配合行政執行教學卓越計畫「106.1 藝文沙龍」、「105.2 藝文沙龍」、「104.2 文藝寫作營」、「103.1 本國語文會考」、「100.2 送愛到社區—執行 12 梯：服務 4 縣市（臺北、臺中、彰化、苗栗）、9 個社區（士林、南屯、大肚、西屯、龍井、彰化、南庄、獅潭、銅鑼）、3 機構（創世基金會、慈濟東大園區、慈愛教養院）」、「100.2 送愛到山區—南投鐘靈國小」、「99.1 送愛到山區—東勢東華國中」。

提　　要

本書共分三編，分別從「河東君」、「我聞居士」、「柳如是」的三層文化記憶，以「接受美學」的觀點論述。上編為「河東君」論述——以《柳如是別傳》為中心，起自「壹、青樓中的盛澤才女——地緣人緣」，先描繪柳如是的出身地吳江與所處的「明清之際」那個時代，再說明秦淮的風貌及國士名姝情誼。繼之「貳、青山裏的浪漫演出——改姓易裝」一文，重點在考察柳如是改名換姓及易裝初訪半野堂的文化意義。「參、青史上的才命相妨——愛情政治」描述柳如是婚前的文藝創作與婚後的政治活動，在青史上各有不同讀者作不同系統的評價。中編「我聞居士」論述——以常熟地區的文化記憶為中心，從接受史的觀點：「尤物論」人格——分析錢柳墓塋距離顯現的家族認同與「氣節」、「紅妝頌」陳氏——既結合史實考察復亦完成文學箋證，探討出現在陳寅恪晚年生命中的奇女子；並從「我聞室」、「絳雲樓」的常熟文化地理座標，探討柳如是如何開拓自己的文化知識分子的身分，並在《聊齋》與《紅樓》中形成了「狐女」和「金釵」的分身。下編的「柳如是」論述——則以文物、題詠、小說戲曲為中心，針對錢氏家族、明末清初時人與跨入民國以後的文化遺老，對「柳如是」形成的題詠與筆記，並綜合探述當代的影視文本與改編小說，以對照歷史人物在小說戲曲上的變遷，釐清其分野。反映了傳主柳如是從「他稱」到「自稱」，自我主體呈現與掘發，並考察撰述者的文化關懷。

如何頌寫？怎樣紅妝？

李瑞騰

上世紀末，栩鈺來到中壢雙連坡上的中央大學，攻讀中文系博士學位，她的指導教授是著名古典小說學專家康來新教授。康門泰半女弟子，師弟情義相交，每見她們往來之親切熱絡，問學則嚴，生活中卻如母女、姊妹之深情關愛，不免令人羨慕！

栩鈺之特別，在於她的一身紫衣，和快樂的笑顏逐開，不像孜矻皓首窮經的學者，但明明知她那麼好問勤學；她亦偶或漫步至我的課堂，看來只是來致意。不記得多久以後，我才知道她的夫婿是靜宜大學的林宗毅教授。我一直對他印象深刻，當年他在臺中一中編校刊，特來臺北訪問我談年度詩選的編輯問題，長篇專訪稿刊《育才街》，算是把我飄遠了心，拉回育才街那座曾經培育無數臺籍菁英的知識殿堂，我至今保存那一本校刊，視為個人有紀念價值的珍藏。宗毅後來讀臺大中文系，一路讀到博士學位到手，和我一樣授業於大學講堂。

宗毅讀大學以後沒往現代文學路上走，道不同，因此也就沒機會往來，近在栩鈺新書《文學女性與女性文學》卷首讀到他〈亢龍有悔話不朽〉，有副題「實也是一種牢騷」，覺他似乎以沉默在抵抗學術環境所形成的壓力，信心猶在，卻顯得壓抑，和栩鈺之活潑明快頗不相類，不過他說栩鈺「十分堅持自己的方向」時，語含贊賞；說栩鈺「對過往研究成績不忘找我一起回顧與檢視」，似也欣喜。則知他們夫妻亦有屬於自己的良性互動。

栩鈺確有其堅持，碩士班階段研究明末吳江地區的名門葉氏家族閨秀之詩，博士論文轉研究明末清初從名妓發展成名媛的柳如是，此其間還完成了多篇以古今文學女性及女性文學為研究範域的單篇論文。她既研究柳如是，

當然會處理到錢謙益、同時代之士子及和柳同在歡場的青樓女子，其中且廣涉與性別攸關的文化傳統、與時代處境緊緊結合的社會環境。但重要的是她切入的角度，所謂的接受觀點的考察，即是從文本創造完成以後，在不同時空下不同讀者有不同的閱讀反應，這樣的研究有些時候可以做實地調查，做計量學的分析；有時卻只能做文獻的蒐尋探索。柳如是研究當然是後者，栩鈺的研究方向有三：一是以陳寅恪的《柳如是別傳》為中心，論述「河東君」；一是以常熟地區的文化記憶為中心，論述「我聞居士」；一是以文物、題詠、小說戲曲為中心，論述「柳如是」。稱名不同，指的都是柳如是其人其文其事。

陳寅恪以一代史學大師的身分為柳如是寫八十餘萬字的「別傳」，「以詩證史，借傳修史‧史蘊詩心」，已臻「史學的藝術之境」（劉夢溪語）。我特喜栩鈺寫陳之晚境，在暮色蒼茫中頌寫紅妝的內外因緣，「柳如是陪伴牧齋走完人生之路，亦何嘗不也陪伴晚年的陳寅恪，走過老邁失明的歲月」，「彷彿不僅是陳寅恪在書寫柳如是，柳如是之靈也在書寫陳寅恪，豈不弔詭！」學術研究者自有其人生熱情，且影響著他的研究，卻常被忽略。栩鈺通過陳寅恪再寫柳如是，再現了柳如是，也寫活了陳寅恪。

看栩鈺寫錢柳，我不免想起吳偉業（梅村）與卞玉京。前些時因探討禁書，在清代「軍機處奏准抽燬書目」中見《梅村詩文集》：「偉業詩才雋逸，卓然成家，曾蒙皇上御題褒詠，外省衹以其與錢謙益並稱江左三大家，因而牽連並燬，實無干礙，應請勿庸銷燬；惟卷首有錢謙益序一首、書一首，仍應抽燬。」同篇後有「應燬錢謙益著作書目」（《初學集》等六種）。二人身後命運大有不同，生時扮演的國士名姝戲碼亦極不同，同是秦淮情緣，卞嫁吳未果，終為道人，《梅村詩集》中雖亦留下〈琴河感舊〉、〈聽女道士卞玉京彈琴歌〉、〈過錦樹林玉京道人墓〉等血淚之作，梅村眼中明慧絕倫，能書能畫能琴能詩的卞玉京，終埋骨錦樹之林，身後聲名寂寥。

栩鈺既志在研究文學女性與女性文學，如卞玉京者，乃至近代以降眾多躍上歷史舞臺的女性，都值得深入了解。

很高興栩鈺的《青樓青山青史──河東君與《柳如是別傳》新論》正式出版，謹以小文為賀。

重返甲申，在「女讀女」的年代

康來新

　　西元 2004，歲在甲申，當元宵花燈仍然夜間燦放的二月中，我隻身飛往南京，名曰執行國科會有關曹寅與施世綸的研究計畫，但更覺責任重大者，卻是受託栩鈺的常熟行。

　　栩鈺自稱阿紫，經常一應具全的紫系列裝扮，盡心盡力且富巧思，婦容之道如此，治學只有過之。栩鈺對柳如是的蒐尋可謂滴水不漏，尤其是文物，從私家收藏到坊間商品，務求過目建檔，她的博士論文因而圖文並茂，雅俗兼顧。栩鈺的「女讀女」「女寫女」畢竟情深意切，當是柳如是接受史的新頁，距離陳寅恪「男讀女」「男寫女」的里程碑之作，已忽忽半世紀，正是婦女、性別之學風起雲湧的學術新紀元。我和栩鈺亦師亦友於中央大學中文所博士班，應與女女教學相長的大勢所趨密切相關。

　　驅車虞山腳下，同行是兩位南京在地學者，一是以曹氏江南家世考聞名於紅學界的戲曲家南大吳新雷教授，一是當時任職江蘇省社科院《明清小說研究》編輯部的張蕊青女士。三人都是初訪柳如是、錢謙益的長眠之地，談笑間不無陌生客的驚艷與志忐，驚艷於當地特別美味的米飯，以及迥異於秀美江南的渾樸景觀。志忐呢？怎麼總也找不到似無難度的地點？倒是意外闖入荒煙蔓草間的瞿景淳墓址，不免對他與他天主教後代的家族滄桑感嘆。車子在大路幾度來回，終於讓我們瞥見了柳如是之墓。栩鈺論文中特闢一節，題為「美貌神話尤物論——錢柳墓塋昭示的人格距離」，拈出「距離」，是引今人山谷〈常熟的遺忘〉之文，該文認為兩人生前共枕，死後卻未能同穴，在當時受制於禮教的階級觀，對事過境遷的知者言，「卻昭示著一種人格上的距離」。柳錢死生之事的話題性高，北京紅學家劉夢溪先生造訪虞山，為文〈柳

花得氣美人中〉，頗是細節描繪物質性的美人文士兩葬處，重點放在兩人精神性的評價：柳升錢降，民族大節是關鍵。很遺憾，那一次的甲申三人行，我們就是遍尋不著其實咫尺之遙的錢氏之塋。

在專業知識的生產上，栩鈺始終不離不棄「女讀女」「女寫女」的路線，日積月累，碩博士學位拿到了，相關的專書也陸續出版。相較她學成書成的開花結果，我只有汗顏。其實當初甲申年的南京之旅，我何嘗不自得於自己三合一的學術創意？想想能將紅學（曹雪芹祖父曹寅）、臺灣學（施琅之子施世綸）、世變學（遺民、貳臣、兩岸分合）集中於棟亭文本的重讀與再構……，呵，單單是這念頭，就令我興奮不已。不過心花怒放舌燦蓮和白紙黑字公諸世，終究是虛與實的大不同哪！兩者差別應相當於命理學的桃花之於正果吧！還未修成正果，我以爲「女讀男」「女寫男」的性別絕非癥結所在，問題是我自己都嫌煩的痼疾難醫，包括套牢不已的文字情結，不再初生之犢所以務必完美的迷思！好在書雖不成，但仍然學而時習之不亦樂乎！2004 甲申之秋，我因緣際會，得以持續參加當時由中研院借調中大文學院熊秉眞院長的「記憶與文化」計畫，從此開始累積記憶觀點的明清研讀經驗。很開心，栩鈺的求知熱忱不減，每不計路遙，從臺中飆車中壢，和同好同道共享難得的講座，如謝正光教授、司徒琳教授的系列課程。栩鈺翩然現身時，經常美食美物助興，全方位的女性美學實踐，嗯，這就是我們所熟知的阿紫栩鈺。

對耽於想像的人文人而言，文學情節、歷史情境，恆於日常生活中如影隨形，是的，穿越時空的文史情思已經內化爲感知結構的主軸了。以 2004 爲例，南京返臺後的三月棟花季，中山高新屋內壢段一片紫雪溟濛，儘管三一九槍擊案沸沸騰騰，我的反應卻是遠離現實的化今爲古。一方面覺得好巧，怎麼相隔六甲子的兩個甲申年都發生了攸關元首存亡的三月十九日事件呢？另一方面，幾次駐足南京，若就曹氏家族之樹的「棟」而言，我所生所長的斯土，較之金陵十二釵的石頭城，更能蔚爲紫棟飛雪的送春之景。哈，居然不問家國問草木！沒錯，時事很遠，故事很近。管他什麼凱達格蘭道上的紛爭，當下最能有所思有所感者，卻是文史記憶中的故事故人與故物。

三一九崇禎自縊，栩鈺讀女寫女，其中柳與錢的抉擇有異，大家自是耳熟能詳；但也就在天崩地解的同一年，卻也留下柳如是題詩黃媛介之畫的女性情誼美談。栩鈺清華時期，也是月涵文學獎的得主，才女果然最知才女事，她跨古跨今，跨東跨西，將絳雲樓視爲吳爾芙「自己的房間」，又將十七世紀

的江南名姝和二十世紀女畫家；美國歐姬芙與墨西哥芙列達‧卡蘿互爲參照，隱然點狀的世界才女系譜初建。

栩鈺是成家又立業的幸福熟女，一家三口的夫妻嬌兒組合，乃才子佳人戀婚的功德圓滿，在「女讀女」「女寫女」的年代，能拜讀栩鈺讀柳是，且寫下栩鈺寫柳是的這篇短文，實在有幸又有福；有幸生逢此時，有福與栩鈺穿越時空的人文逍遙遊。

目次

詩文篇

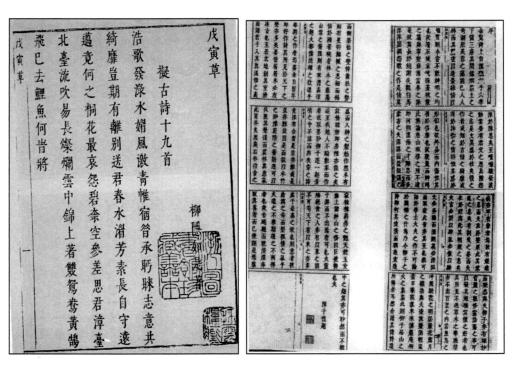

書影一：《戊寅草》、陳子龍〈戊寅草序〉錄自谷輝之女士輯《柳如是詩文集》

—圖 1—

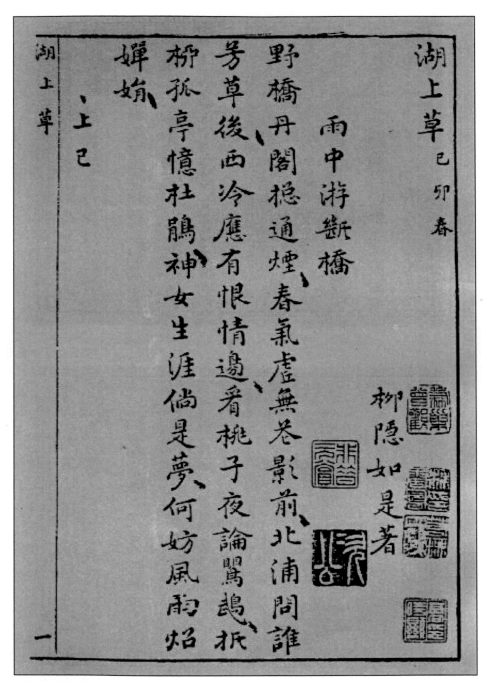

書影二：《湖上草》錄自谷輝之女士輯《柳如是詩文集》，陳寅恪云：「今杭州
　　高氏藏明本河東君《尺牘》，其字體乃世俗所謂宋體字，而《湖上草》
　　則爲依據手寫原本摹刻者。此草書爲崇禎十二年己卯歲之作品。」
　　　（《柳如是別傳》頁21）

書影三：《尺牘》、林雪〈柳如是尺牘小引〉錄自谷輝之女士輯《柳如是詩文集》

書影四之一：沈璜〈東山詶和集序〉錄自周法高先生編《錢謙益柳如是佚詩及柳
　　　　　如是有關資料》

書影四之二：孫永祚〈東山酬和賦〉錄自周法高先生編《錢謙益柳如是佚詩及柳如是有關資料》

書影四之三：《東山酬和集》錄自周法高先生編《錢謙益柳如是佚詩及柳如是有關資料》

—圖4—

柳是字如是嘉興人

歸虞山錢氏

金明池　詠寒柳

有恨寒潮無情殘照正是蕭蕭南浦更吹起霜條孤影

還記得舊時飛絮況晚來烟浪逃離見行客特地瘦腰

如舞總一種淒涼十分憔悴尚有燕臺佳句　春日釀

〈國朝詞綜卷四十七〉　六

成秋日雨念疇昔風流暗傷如許縱饒有繞堤畫舸冷

落盡水雲猶故念從前一點春風幾隔着重簾眉兒愁

苦待約箇梅魂黃昏月澹與伊深憐低語

書影五：錄自周書田、范景中輯《柳如是事輯》

書影六：春日我聞室作呈牧翁　攝於柳如是故居明發堂

書畫篇

—圖 7—

墨跡一　選自《玉臺名翰》

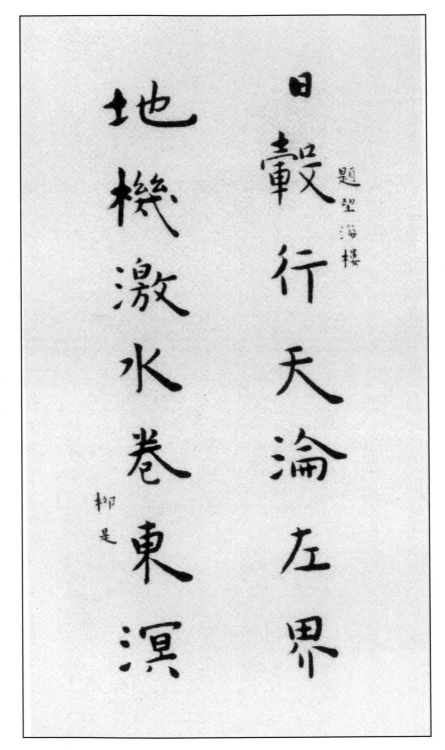

墨跡二

墨跡三　柳如是嘉蓮詩翰墨跡，北京故宮博物院藏（柳如是書法三種　錄自周書田、范景中輯《柳如是集》）

—圖9—

傳爲柳如是畫作八幅，錄自劉燕遠《柳如是詩詞評注》現藏美國佛利爾美術館

—圖 10—

傳爲柳如是畫跡之九

傳爲柳如是畫跡之九

傳爲柳如是畫跡之十（旁記：「清女士柳如是　樓閣仕女圖軸　豎
五尺五寸七分　巾二尺八寸八分　華鑑閣君藏」）

—圖 12—

傳為柳如是畫蹟之十一〈月堤煙柳圖卷〉，一六四三年作，紙本，25.1×126.5公分，圖片版權及收藏：北京故宮博物院。

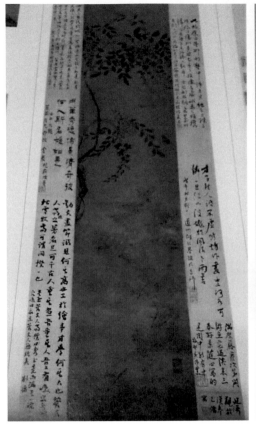

傳爲柳如是畫跡之十二〈魚嬉圖〉　　　　　傳爲柳如是畫跡之十三
（25cm×26cm）錄自易欣宏編，《2009　　　李栩鈺 2018 年攝於常熟拂水山莊
古董拍賣年鑒・書畫》（湖南：湖南美
術出版社，2009 年 3 月），頁 15。

寓所篇

月堤、花信樓（李栩鈺 2018 年 7 月攝於常熟）

拙政園附近的「靡蕪館」、「柳如是故居」，（中興大學中文系羅秀美教授 2001
年 7 月攝於蘇州市區。）

以拙政園西園之美景聞名之「水廊」是明代御史王獻臣致仕後敦請文徵明設
計的，園名套用潘岳〈閒居賦〉「拙者之為政」典故。不過王獻臣的不成材
的兒子把整座莊園都賭輸了，其後明末名妹柳如是、太平天國的忠王李秀成
都曾住在這兒，曹雪芹的祖父江寧織造曹寅也寓居於此，或許《紅樓夢》中
的亭榭樓閣就是小曹霑在拙政園中戲耍時所勾勒出的太虛幻境吧。

絳雲樓、拂水山莊兩圖錄自周書田、范景中輯《柳如是傳》。河東君之墓爲
江蘇省人民政府於二○○二年十月公布，中央大學康來新教授二○○四年二月
十二日親訪柳如是墓圖中右，由南京大學吳新雷教授陪訪所攝；圖中左則爲
吳教授同年春天再度親訪錢謙益墓，兩墓相距約百餘尺，圖下爲二○一八年
七月筆者親訪，分別爲柳錢兩墓之解說、錢氏宗族三墓。

畫像篇

柳如是像 1
半身像一：河東君初訪半野堂小景
余秋室繪　錄自陳寅恪先生《柳如是別傳》

—圖 19—

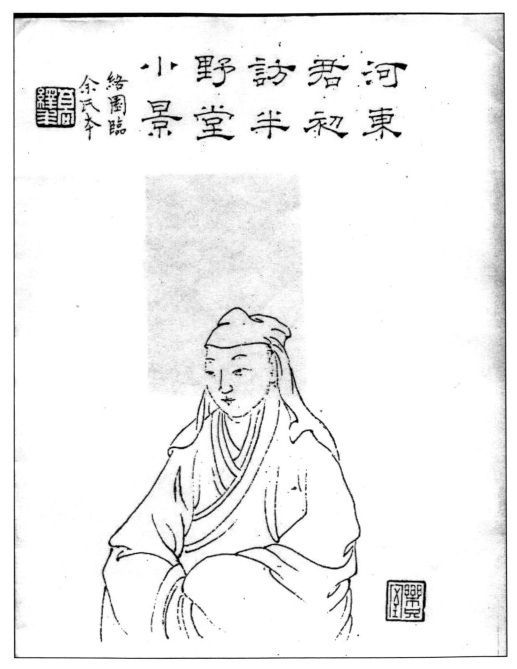

柳如是像 2

半身像二：河東君初訪半野堂小景

絡園臨余氏本　錄自谷輝之女士輯《柳如是詩文集》

予所見河東君象凡四皆小
圍臉與卞玉京相類兩槓波
圖～則皆廣頰長圓臉
野侯兄借人所摹三象獨入
道一象与予前所見諸象為
近　野兄早作古人此書後
人仍能珍惜己亥冬假得錄
副本茅三閣老眼未畢
作此劍菴可笑也
己亥冬至前四日
淘寧張宗祥呵凍
摹時年七十有八

柳如是像3
半身像三：張宗祥先生摹本

柳如是像4

半身像四：周書田女士摹本　錄自周書田、范景中輯《柳如是集》

柳如是像 5
半身像五：河東君小像　海陵朱鶴年摹
本圖由東華大學吳明益教授拍攝。

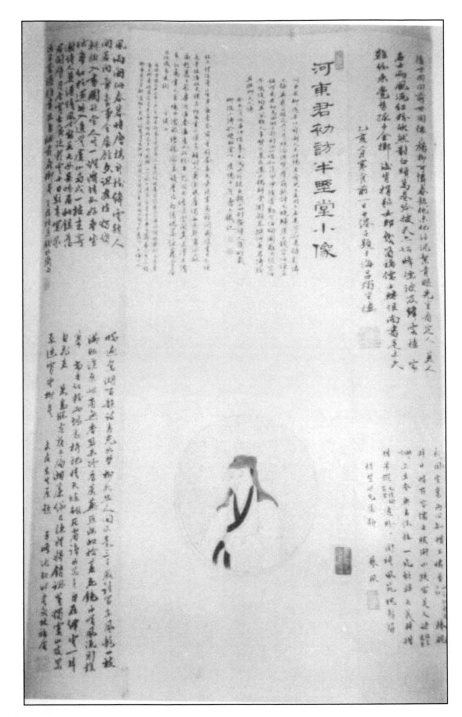

柳如是像6

半身像六：河東君初訪半野堂小景

錄自朱淡文女士《二十四才女傳》

柳如是像 7

本圖爲柳如是像 5：半身像五（康師藏本　海陵朱鶴年摹本）之局部放大

| 01 黃菀圃跋 | 02 牧翁印 | 03 陽春白雪序（憐香惜玉印） | 04 | 05 |

柳如是畫像 8

錄自《中華再造善本》，元刊《樂府新編陽春白雪集》，此據南京圖書館藏元刻本影印，原書板框高十六點九釐米、寬十一點四釐米。筆者 2007 年 10 月攝於南京大學圖書館。

01 與 02

黃菀圃跋云：「元刻《陽春白雪集》爲錢塘何夢華寶藏，因其爲惠香閣物也。惠香閣是柳如是所居，**兹卷中有『牧翁』印，有『錢受之』印，有『女史』印，其爲**柳藏無疑。」

03

南京圖書館歷史文獻部主任徐憶農表示：「《樂府新編陽春白雪》是元代散曲的合集，四色印刷，既是『蝴蝶裝』（紙張一面印刷一面空白）又是『金鑲玉』（紙張邊緣淺色，有字部分是黃底色），這本書原本藏於明末清初錢謙益的絳雲樓，封頁上還有一張『秦淮八艷』之一柳如是的彩色畫像。絳雲樓毀於大火，但這本書卻奇跡般地保存下來。」

柳如是像 9

立像一

錄自俞允堯，〈秦淮八豔傳奇之二〉，《歷史月刊》第五十八期，1992 年 11 月，
頁 64。（按：此畫像應輯自葉衍蘭、張景蘭合編《秦淮八豔圖詠》）

柳如是像 10　立像（圖左）
本圖由靜宜大學中文系林宗毅教授拍
攝，二○○二年八月於甘肅省蘭州黃河
水車公園。

柳如是像 11　立像三（圖中）

本圖由靜宜大學中文系林宗毅教授拍攝，二〇〇六年十月筆者購於南京秦淮河畔。

柳如是像 12

立像三：高絡園先生摹本　錄自谷輝之女士輯《柳如是詩文
集》

從高氏梅王閣摹得
柳如是象呈
寅恪先生
夏承燾

柳如是像 13
立像四：夏承燾先生摹本

柳如是像 14

立像五：張宗祥先生摹本

錄自周書田、范景中輯《柳如是集》

柳如是像 15

坐像一：河東君夫人像　吳煒繪

—圖 33—

柳如是像 16
坐像二：河東君小像　禹之鼎繪
錄自周書田、范景中輯《柳如是集》

—圖 34—

柳如是像 17

坐像三：吳爲山塑　二〇〇六年十月筆者攝於南京秦淮河畔。

柳如是像 18

坐像四：2018 年 7 月筆者攝於江蘇常熟拂水山莊柳如是紀念館

柳如是像 19　入道像一

柳如是像20　入道像二　高絡園先生摹本　錄自谷輝之女士輯《柳如是詩文集》

—圖 37—

柳如是像 21

入道像三：張宗祥先生摹本（入道像三圖錄自錄自周書田、范景中輯《柳
如是集》）

文物篇

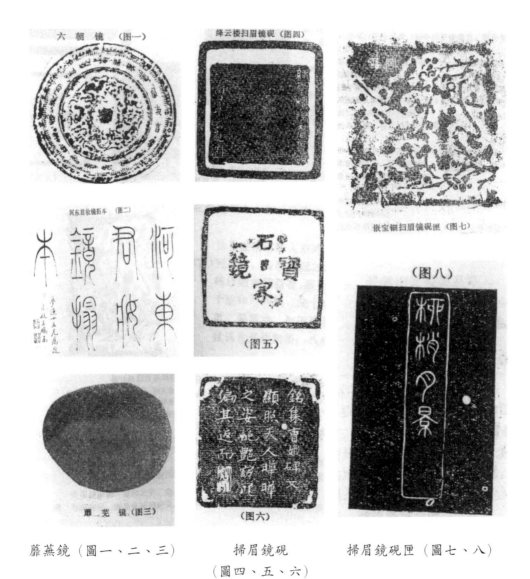

六朝鏡（圖一）

絳云樓掃眉鏡硯（图四）

河東君牧鏡拓本（图二）

（图五）

嵌宝钿掃眉鏡硯匣（图七）

（图八）

薜蕪鏡（图三）

（图六）

薜蕪鏡（圖一、二、三）　　掃眉鏡硯　　掃眉鏡硯匣（圖七、八）
　　　　　　　　　　　　　（圖四、五、六）

（錄自周采泉《柳如是雜論》）

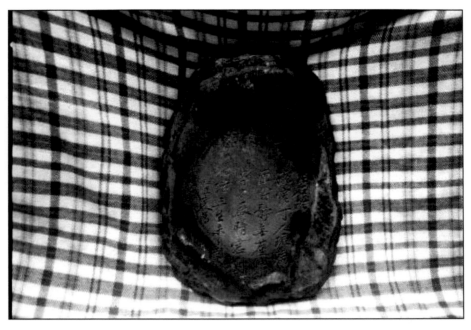

硯背上方題字：端淑靜默，藝苑良友。永保長壽，傳之不朽。　　　柳是

柳是下方題字：片石玲瓏最可人，琉璃匣貯靜無塵。摩挲不厭晴窗對，
　　　似結三生未了因。　　　紅豆老人爲河東君題

硯匣題字：佩香近得柳河東夫婦題銘書畫硯，珍若拱璧，屬爲製匣，好而多
　　　癖者，佩香其庶幾乎？　　　夢樓並記　　　本硯臺由文化大學中文
　　　系皮教授提供，靜宜大學林宗毅教授於一九九九年七月拍攝。

題詠篇

花枝瘦，君知否？憶得章台人姓柳。暮雨朝雲幾許愁，使君落筆春詞就。　黃魯直

人不見，天不管，任爾東風吹不轉。回首青樓成異鄉，阿溪本是飛瓊伴。　秦淮海

心中事，眼中淚，繚繞雕梁塵暗起。燈燼殘花花似霜，無言臉皺眉山翠（月）。　歐陽六一

博明仁兄近得柳河東像，屬題。集宋人詞調〈章台柳〉三闋，即正。戊辰八月吳湖帆

〔醉簃〕

題詠二

儒雅風流一俊人，墨華凝碧濺羅裙，玉簫吹徹鳳樓春。東海幾經龍漢劫，旌心白水是前因，雙棲海燕又黃昏。憔悴孤花一病身，朱顏綠髮紫綸巾，南冠死別累君頻。風月重窺新柳眼，落花細雨正佳晨，崔徽可是卷中人。

〈浣溪沙〉

博明吾兄正，集牧齋詩　戊辰九月　吳梅　[老瞿]

— 圖42 —

題詠三百年。

秦淮花月已如煙。

莫將擁髻通德憐。

女俠散花綽約尚須巾幗隔前塵。未免被它同傍人。

早道裝風流德澧元和胡肺腳。不同劈腿揮禪窗前玉蕊花夜唶凄。

白詠板橋眉黛春山慘凄。隨分鴛鴦湖西子逐鷗裏老（去）。

絳雲樓後悟可惜不分奇節脛不逡巡。那如絳雲後談禪珠林格儘到文豪。

東山絕歸禮玉真人。白首同設橫波大作完人。

知他石火詩家以所

梓山尊兄詩家小儓屬題，即正。許振梓藏，河東君以

（下遺去字。）

[印：仙界父]

題詠四

黃門北寺獄頻仍，有道通儒梵行僧。
故國湖山禾黍日，半衾燠玉一龕燈。
無復宮人記洞簫，秦淮秋老咽寒潮。
紅顏白髮偏相嬗，丁字簾前是六朝。
洞房銀燭辟輕煙（「煙」點去，為「寒」之誤書），
歷歷殘棋忍重看，
為他還著漢衣冠（寒）。
轉臂弓鞋一樣新，休教錯莫喚真真。
綠尊紅燭渾如昨，都是昆明劫後人。
舊曲新詩壓蓮花教坊，餘生殘劫共悽惶。
薄妝自製蓮花服，午夜隨師入道場。
蟾蜍蝕月報黃昏，蛛網橫斜澹墨痕。
傳語白門楊柳色。香丸一縷是芳魂。
今日何期見此本，坐看人間滄海更。
聽取新翻柳絮詞，情塵如浪淚如絲。
秋風紈扇是前生，敢將平視衹劉楨。
風流性格依然在，不似浮萍逐水移。

海鹽吳梓山大令以家藏朱野雲所摹柳如是小景見示，並索題詞。上有全椒吳山尊先生舊題兩絕，正如崔灝題詩，何敢率爾追步。乾嘉老輩，個懷風流，正如崔灝題詩，何敢率爾追步。乾嘉老輩，個
愛集虞山詩得八絕句應囑，河東有知，當臨風一笑也。
紅贏山人李珣 文石
（按：紅贏山人之「贏」應為贏），此依原作。）

—圖 44—

題詠六

圓照菴前柳拂絲，絳雲樓上定情時。美人早有三生祝，福慧雙修到白眉。

博明內表兄續膠後旬日囑題　丁亥人日吳縣　金震　金震

題詠五

嫁得虞山叟，風流奈老何。青幃綠鬢影婆娑，笑問西山可有采薇歌。姓氏風中柳，家鄉白下河。題詩人是命中魔，說我靡蕪山下故人多。〈南歌子〉

叔默先生屬題　成都胡廷荿匊　成都

題詠七

一片飛花墮劫前，湖山金粉夕陽天。春風荳蔻迷香徑，秋雨蘼蕪冷墓田。鏡裏新妝烏帽側，袖中詩本墨痕鮮。　夫人為定閨秀一卷。　沾泥欲懺無生說，獨向情天證四禪。翦翦雙眸翠黛長，風流人物似齊梁。唐繙經證拈花諦，宋槧書薰辟蠹香。枕熟黃粱春夢短，莊荒紅豆墓雲涼。無窮家國傷心事，一事低回一曲腸。話到滄桑舊夢悽，絳河雲卷月輪低。樓前紅粉皮留豹，澗上青松絮漬雞。甲子詩題彭澤令，壬辰編付太常妻。楊枝不怨東風惡，披拂千條總向西。（和蒙叟集中韻）

牧翁撰列朝詩集，夫人為定閨秀一卷。

舊題黃秋士畫河東君小象，更錄於此。乞

叔默世文正定　辛丑十一月五日西蠡費念慈，時倚裝待發

直君

題詠九

半野堂開謁玉姝，雪膚花貌亦稱儒。新朝不少彈冠客，能匹紅顏絕代無。柳花如夢憶同舟，此去珠簾擁弄愁。

一樣尚書夫壻貴，眉樓終遜絳雲樓。同心蓮不染污泥，春盡雕梁燕語淒。紅粉何關家國恨，奈他畢命有香閨。

忍見南朝劫後碁，英絕入道儼隨師。風流三百年前事，贏得人間唱椏枝。一幅生綃鏤翠鬟，卻從圖畫見眞眞。

絕憐性格風流在，猶似秦淮舊日春。

光緒十年甲申十月題奉

梓山仁仲先生足囑　　獻園黎承忠 〔黎〕

題詠八

國破家徒在，烽煙萬里愁。稿砧悲失計，禾絹切同仇。室穴盟心舊，刀繩勸語柔。自來身姓柳，生就貌如花。二百年來（前）夢，三千界裏沙。奈何公不渡，一曲反箜篌。祇令衫襪角，題字亦風華。

紫珊仁兄題所弄柳夫人圖像，文石集牧齋詩，書其顚，展卷輒覺有崔顥題詩之懼。　麥生康曾定 〔泉〕

—圖47—

題詠十

輸與虞山叟。占人間、白頭紅粉，絳雲紅豆。國破家亡渾閒事，且共美人廝守。把豔福、當時享盡，一種風流真性格。是天生一樹銷雲柳，風與月，總僝僽。

楞嚴同訂蒙鈔否？料多生、橫陳嚼蠟，早應參透。誰更湘蘭雕小印，持贈檀員老友。看秋菊、春蘭並秀。歷劫罡風吹不壞，謝天風吹落詞人手。聊為爾，下醇酒。

紅嬴主人屬題　辛丑十二月　琴志鼎　[張靈後身]

—圖48—

題詠十一

好色何妨叟。羨當年、儒冠巾幗，詩壇俎豆。拋撇舊時亡國恨，老去一樓相守。算配箇、才人應彀，還怕才人銷不得。化我聞如是瓶中柳，人與畫、兩傺懘。

絳雲編簡猶存否？賸青青、虞山眉黛，雨中愁透。斷粉零粉（「粉」點去）、香珍重意。祇共眉樓為友。是結局、南朝閨秀。更有香庵鄰孔翠，貌娉婷一代丹青手。我欲拜，莫厄酒。

叔默先生屬題同琴志韻　辛丑十二月頌萬

長□□頌萬□□□印

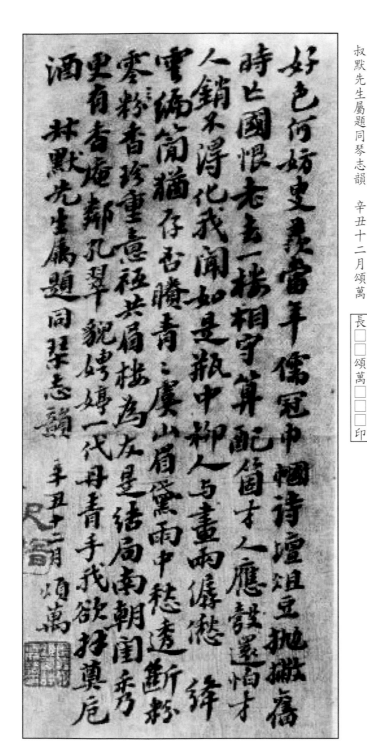

題詠十二

拾翠鴛鴦跡已迷，
明尺幅畫裏逢崔徽。
眼從鏡前認是非。
更覺鈿教兒女像珮環歸。
國破（深）儒冠巾幗原同舞衣。（深）
春未必蕭娘紛綸怨首靈餘。
卻詳當年豆熟禪管中顧橫波在，
逃深憐老情緣若何？
松雪亦愛法柯餘。
一例風流奈若何？
李升地轉語多。
天荒賦吟壇教正乞道

李叔默藏柳如是畫像・書生結束・出示索
大吟壇教正乞道
侯官嚴幾道

題詠十三

當時巾幗有儒冠．欲博輕裘一盼鞋。
可憶廣山舊風月．多應家國誤紅顏。
佳俠風流自寫真．絳雲殘爐夢成塵。
只今奇服工時好．應媿南華鏡裏人。
唱遍春風楊柳枝．白門愁黛少人知。
何如故國崇蘭意．不見回黃轉綠時。

光緒著雍攝之年．中夏旅居滬上．幸賦
文石俠君出示河東君小影索題．有垢道人
三絕句補白．以畫幀附焉故及之。

垢道人 叔問 文焯記 叔問

[叔問]

程修馬湘蘭小象
穆倩情鑷邊款云：余曾為檀員
老友印並刻湘蘭小像於印章，
偶一念及韻宛然．因復作
此。 垢道人

[玲開吟辭]

穆倩先生書畫鐵筆．為國初名手．此印為美
人寫照．尤為韻勝．檀員老友或李長蘅耶？
子以田白石雕獅鈕．高二寸二分．經寸．
舊藏崑山葉氏．光緒癸未．余從友人假得．
遍遍題詠聯成巨軸．一時傳為韻事．後此
卷為人傳抄．夫去久亦不甚記憶．今竟於全
然此楠之首．俾伊尹邪！聖合株聯．盖增
慶．尚有騷人墨客．青蓮亲新詞．則袖角裙邊
不妨加墨。舊巹雖夫．亦無恨云。

光緒二十一年歲在乙未十月望日紅蝶山人
李葆珣 [文石題跋]

—圖 51—

題詠十四

霧鬢風鬟應稱吾，
陌上相逢貌今殊。
瀟灑幅巾柳橋疏，
繡閣舊日沒邊燕燕，
晚妝眉樓芳蹤定合尋。
漫言柳絮逐飛句新，
墨華追尋總傷神。〈浣溪紗〉

博明先生以李文石所繪柳如是幅本，屬題。昔客武昌，曾見此幅於文石朝夕相絅。而文石雪庵題句中，西蠡賓人有宿草，不禁客人藏巾小象蜀題。今乃重見，而文石雪庵俱成故人。亦感矣。戊辰十月江寧鄧邦述父成琴之感矣。

〔印〕李先詩詞

—圖 52—

題詠十五

劫灰飛盡古今年。名士傾城總可憐。
蛾眉骨氣畫師傳。獻藝賣降意三台。
我聞室裏家常話。應悔男裝訪汝來。

博明仁兄屬題 河東畫像

〔中深〕

附錄庚乙丑題白
之作·藉補餘詩

紹襦上馬為誰嬌。袖領參差老見嘲。
北來一樣新妝束。明鏡臺回車下道也。
客坐絕人道傳名。明鏡臺中卜五傳名。

章台柳青色青初訪半
巾帽何緣鑄錯成？畫中烏唱青衫為
野堂得醫似欲開。仙才？畫中微意託
時見說緣苔。使人思畫才誰能辨？
芳孫微意託·寫為秋魂照。
畫中巾服倚窗讀書
院歸家思疊跡，何處荒荒秋魂照。

自題元韻一律倒疊

〔煙波小釣徒〕

—圖 53—

題詠十七
搖落秋風百卉枯，偏從筆底想霏霏。煙花幾度紅羊劫，誰識遺碑出尚湖。畫裏烏紗認舊裝，傷心家國感滄桑。絳雲一炬風流盡，香冢偏傳拂水莊。鐵筆誰傳蘭蕙質，摩挲憶煞舊半神。半幅溪藤半水雲，湘煙楚雨接芳芬。鴻泥留得離騷影，雅謔猶傳白練裙。

叔默先生命題　元緒辛丑除夕吳江沈塘雪廬　時同客武昌
[塘] [沈塘長壽]

題詠十六
山斗聲名亦枉然，絳雲只合化蒼煙。綺齡似有前知在，名字先添一指禪。閨閣齊名玉一班，一雙家國淚潸潸。眉生卻先尚書逝，誰信紅顏耐歲寒？
癸亥天中節後一日　吳疑題 [吳]

山斗聲名亦枉然，絳雲只合化蒼煙，綺齡似有眉知在，名字先尚。斯誰信紅顏耐歲寒
恭一指禪　閨閣齋名玉一班一雙家國淚潸潸眉生卻先尚
癸亥天中節後一日　吳疑題

（題詠一至十七　錄自柳如像5：河東君小像　海陵朱鶴年摹本）

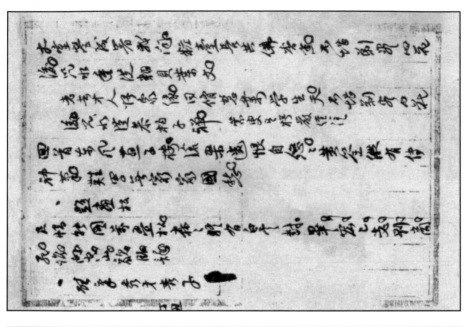

—圖 55—

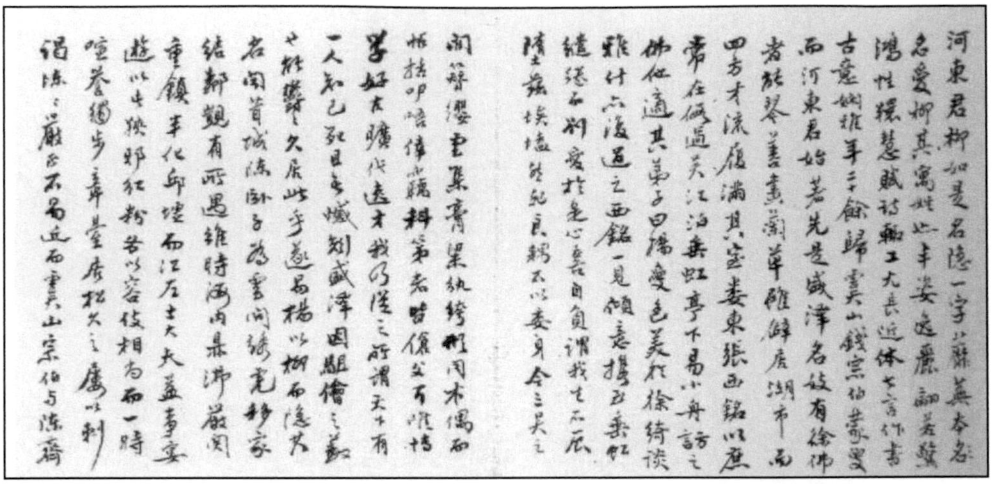

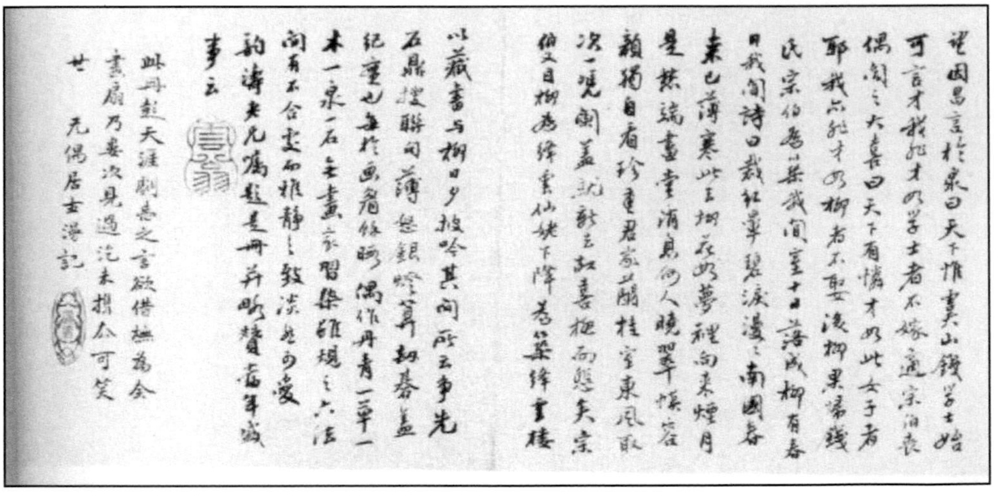

題跋十九：柳如是山水人物圖冊（吳中蔣氏舊藏，現藏美國佛利爾美術館）
錄自周書田、范景中輯《柳如是集》

卷之十一

曲中盛名大家必推李氏諸妹與余久者十妹曲中則呼

十生十生不以色稱眼語眉言慧巧獨絶其清歌細如豪

髮吳門張魁兒善簫非張簫不度曲也與人靜對茗香如

賓如僧不可狎憶巳郊臨場倪三蘭師以三十題命揚前

呈稿時應酬如蝸午夜于十生枕上腹稿一義一月全完

同人騰口十生亦心許也某某樓則豪俠宅逸風踈霞寧蠢

名如渴揮金如土三湘九嶷筆墨淋漓劍客飛仙兩難提

議卽我輩猶有愧色其餘玉雲爲箋十吏供筆難爲叙述

至牧齋先生以三千金同柳夫人爲余放手作古押衙送

董姬相從則壬午秋冬事董姬十三離秦淮居半塘六年

從牧齋先生遊黃山留新安三年年十九歸余才色涧桐

筆記

錄自周書田、范景中輯《柳如是事輯》

—圖 57—

題詠廿柳如是像 22 劉斯奮畫

題詠廿一柳如是像 23

大衆文學篇

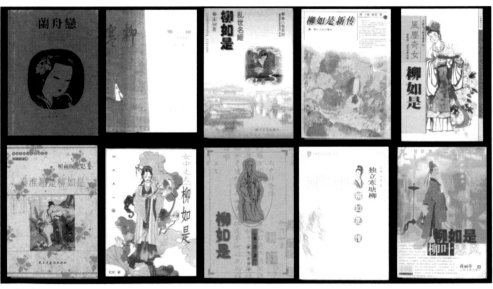

書影：柳如是小説十二種

—圖 59—

劇照一：單仰萍

越劇電視劇〈秦淮煙雲〉，1991 年上海及大陸中央電視臺合拍，羅懷臻、紀乃咸、沙仁編劇，張韻華、沙如榮導演，單仰萍主演柳如是，史濟華主演錢謙益，上圖之下面兩幀即為本齣柳如是造型，筆者翻攝電視畫面。

劇照二：漢劇〈柳如是〉，羅懷臻編，李仙花飾柳如是。錄自《中國戲劇》總 515 期，2000 年 4 月，頁 35。

劇照二：李仙花 2014 年廣東漢劇〈白門柳〉舞臺劇照，錄自百度網站。

劇照三：〈歷代名妓——悲落葉的柳如是〉二○○○年五月臺北首映，
成大國際影視事業，邱木棋導演，張婉妮編劇，瑩淇主演柳如是。

—圖 61—

劇照四：馬千姍

電視劇〈夢繫秦淮多爾袞〉（二○○二年深圳電視臺，原片名爲〈魂斷秦淮〉，邵玉清編劇，朱建新、張子恩、周小兵導演，馬千姍主演柳如是、李鳴主演錢謙益、陳道明主演多爾袞）

劇照五：李凌凌

電視劇〈桃花扇傳奇〉（二○○二年衛視中文臺，王琛、陳軼超、王海洲編劇，高翊竣、李翰滔、白煒輝導演，李凌凌飾柳如是、趙敏捷主演錢謙益）

劇照六：伊能靜
電視劇〈秦淮悲歌〉（二〇〇四年蘇州，
伊能靜飾柳如是）

劇照七：韓再芬
廣東漢劇〈白門柳〉（二〇〇四年六月，北京保利劇場）

—圖64—

劇照八：萬茜

電影〈柳如是〉，二〇一二年由中央新聞記錄電影製片廠與常熟市政府聯合出品，吳琦執導。萬茜飾演柳如是，秦漢飾演錢謙益，馮紹峰飾演陳子龍。（錄自百度網站）

剪紙一、二、三
錄自盧群《閨閣清芳——蘇州名媛故事》

夏華題圖插畫（錄自邱維俊，〈柳如是的傳說〉，《民間文學》1993 年第 1 期，頁
54、58。）

女中丈夫　　　　鴛鴦樓　　　　一葉扁舟

訪半野堂　　　　芙蓉舫　　　　殉死投水

龔子龍　　　　海上艑師　　　　自縊

錄自宋詞《亂世名姬・柳如是》，浙江：浙江文藝出版社，1996年，
頁 2、54、134、138、192、262、306、311、339。此九幅插圖爲徐
樂樂所繪，頗能展現柳如是的一生，標題爲筆者自訂。

—圖 67—

秦淮八艷史料陳列館：柳如是像 24～26（李栩鈺 2016 年攝於南京秦淮河李香君故居）

拂水山莊、耦耕堂、秋水閣、明發堂（李栩鈺 2018 年 7 月攝於常熟）

紅豆山莊右側外圍　　　　紅豆山莊右側中　　　　紅豆山莊右側正面

紅豆山莊左爲增福禪寺門　　增福禪寺正面　　　　紅豆山莊景區鳥瞰
口大石

紅豆樹（中興大學羅秀美　紅豆山莊與增福禪寺合爲　增福禪寺 1999 年遷建碑
教授 2018 年 1 月攝）　　新虞山十八景

紅豆山莊（李栩鈺 2018 年 7 月攝於常熟）

錢柳大事（李栩鈺 2018 年 7 月攝於常熟拂水山莊明發堂）

山莊八景詩（李栩鈺 2018 年 7 月攝於常熟拂水山莊明發堂）

緒　論

一、研究動機

筆者碩士論文「《午夢堂集》女性作品研究」（臺北：花木蘭文化事業有限公司，2012 年 3 月）是以明末吳江地區的名門閨秀葉氏家族爲探討族群，博士論文則選擇行動力更爲自由的青樓名妓爲探討對象。之間的連接與轉變，究其因，乃肇於《午夢堂集》編者葉紹袁（1588～1648）提及的這一段話：

> 錢牧齋有妾柳氏，寵孌非常。人意其或以顏貌，或以技能擅長耳。及丁亥牧老被逮，柳氏即束裝挈重賄北上，先入燕京，行賂於權要，曲爲斡旋。然後錢老徐到，竟得釋放，生還里門。始知此婦人有才智，故緩急有賴，庶幾女流之俠，又不當以閨閫細謹律之矣。〔註 1〕

國學大師陳寅恪（1890～1969）也說：「鄙意河東君之爲人，感慨爽直，談論敘述，不類閨房兒女。」（《柳如是別傳》〔註 2〕，頁 199）更兼范景中在馮登府〈洞仙歌·題柳如是書王建宮詞〉〔註 3〕此詞後按語：

〔註 1〕《啓禎記聞錄》附《芸窗錄·記順治四年丁亥事略》。

〔註 2〕本書採用的版本爲陳美延編，《陳寅恪集·柳如是別傳（上、中、下）》（北京：生活·讀書·新知三聯書店，2001 年 1 月 1 版，2001 年 5 月 3 刷）。

〔註 3〕《月湖秋瑟詞》，道光刊本，卷一，第 13 頁。轉引自范景中《柳如是事輯》，頁 261：鴛鴦湖畔，指垂楊垂柳。生小儂家姓名舊。奈桃花扇冷，紅豆香殘、蘼蕪夢，莫向故宮回首。滄桑容易感，輸與眉樓，有分年年白頭守。訣絕早吟成，小字親題，算肯把、尚書恩負。剩一片紅絲曾窺來，試秋水麋丸，病風攕手。如是本姓楊名愛，嘉興人，有秋水閣硯。

此乃題《玉臺名翰》七家之一,第一首〈題吳采鷥眞書煉丹訣〉小
序云:《玉臺名翰》,我里徐蹇媛收藏眞蹟也。以柳如是、葉小鸞附
之,壬辰夏上石。

柳如是、葉小鸞並提,不就是女流之俠與閨房之秀相輝映嗎?這也就是筆者
研究了葉小鸞及其家族之後,轉而研究另一類型婦人的最初動機。不過,柳、
葉雖同屬晚明時期女性,當時風氣下,女性的「德」與「才」似乎分屬於「閨
秀」與「名妓」二類,閨秀不敢標榜文才,而歌妓從良,亦努力追尋德範,
兩者經常產生認同上的矛盾。

〔明〕徐復祚《紅梨記》裏,教坊妓女謝素秋則厭惡自己青樓生活的奢
靡,渴望嫁給素未謀面的文士趙汝州。錢夫人試著探問她,能否在婚後打熬
得過平淡冷清的生活。謝素秋說道:

妾雖身沉花柳,心切冰霜。瑤簪翠鈿,何如裙布釵荊?蕙質蘭襟,
寧若遊絲飛絮?……雖落花無主,暫爾隨風,而貞柏凌冬,不妨傲
雪。〔註4〕

能夠有決心,矗立如傲雪凌冬的柏樹,素秋的這番見識,在歌妓之中眞可謂
不同凡響。

〔清〕袁于令《西樓記》中的名妓穆素徽藝壓群芳、名冠青樓,但是她
厭惡自己的境遇,期盼能夠嫁給才子:

風塵浪得名,淪落何時已。……只是性厭鉛華,無奈闤門車馬。心
憐才雋,空誇滿壁圖書。唉!倘得援琴之挑,永遂當爐之願,吾事
畢矣。〔註5〕

所以:

在文人筆下,被理想化了的歌妓往往表達出自己對煙花生活的厭
惡,她們憧憬與才子的浪漫的愛情,並最終能夠與他們締結良緣。
其實,這已體現出了一種父權意識(parti-archal ideology):「好」女
子終究應爲人妻,縱然已身爲名妓,其境遇也令人不悅。〔註6〕

〔註4〕〔明〕徐復祚《紅梨記》,姜智校點(北京:中華書局,1988 年 11 月),頁 38。
　　　與前揭書合刊。
〔註5〕〔清〕袁于令《西樓記》,李復波校點(北京:中華書局,1988 年 11 月),頁 5。
〔註6〕孫玟、熊賢關,〈晚明劇作中的青樓女子〉,收於張宏生編《明清文學與性別研
　　　究》(江蘇:江蘇古籍出版社,2002 年 10 月),頁 184。

　　〔清〕沈復記載（或追憶）生活的《浮生六記》，曾稱讚「芸一女流，具男子之襟懷才識。」（卷三），對芸（1763～1803）曾感嘆：「惜卿雌而伏，苟能化女爲男，相與訪名山，搜勝跡，遨遊天下，不亦快哉！」（卷一）在潛意識中，三白常將芸視爲自己的同性。他甚至將芸的詩作戲題爲「錦囊佳句」，把芸娘比爲唐代詩人李賀。或許在三白的心理期待中，眞心期待芸娘變成一位男子。芸娘是女性此生並不能改變，所以三白突發異思：

　　　　來世卿當作男，我爲女子相從。

夫唱婦隨的芸娘並沒有異議，只是期待來世畢竟渺茫——「必得不昧今生，方覺有情趣。」所以芸娘女扮男裝的主意出於三白。那是在神誕之時、花照〔註7〕之夕。芸再次以「非男子，不能往」而深感遺憾。三白教她學男子拱手作揖爲禮，大踏闊步走路，遍遊廟中，碰見熟人就介紹說是自己的表弟。但在，最後一殿遊興正濃，忘情的芸娘拍了熟悉朋友的肩：

　　　　有少婦幼女坐於所設寶座後，乃楊姓司事者之眷屬也。芸忽趨彼通

　　　　款曲，身一側，而不覺一按少婦之肩。旁有婢媼怒而起曰：「何物狂

　　　　生，不法乃爾！」余欲爲措詞掩飾。芸見勢惡，即脫帽翹足示之曰：

　　　　「我亦女子耳。」相與愕然，轉怒爲歡。（卷一〈閨房記樂〉）

這樣充滿戲劇性和冒險性的夜遊，確非凡夫俗婦的柴米生活，除了芸娘的爽直性格，三白筆下也渲染的多姿多彩。但從外人看來，三白與芸娘之間卻是：

　　　　亦婦亦友，亦男亦女，亦妻亦賓（乃至亦妓），是一種頗爲獨特的關

　　　　係〔註8〕。

晚明的錢柳婚姻關係，或許也可從此性別角度——亦婦亦友，亦男亦女，亦妻亦賓（乃至亦妓）——去思考，更何況柳如是改扮男子，早已傳爲美談，甚至寫眞畫像詩詞題詠不斷（參見圖片頁19～38）。

　　　以人物作專題探討，雖然可以避免涉及問題過於繁多而觸及事物過爲廣泛的窘困，但「柳如是」卻是一個例外，相反的，乃是難度爲更艱更險的高

〔註7〕沈家附近醋庫巷内有洞庭君祠，又叫水仙廟，廟後有園亭，迴廊曲折，頗有景
　　　觀。每逢洞庭君生日，附近大户人家各據一個院落，廳内懸掛玻璃吊燈，堂上
　　　設寶座，旁邊排列小几，瓶中插花陳設，各家以此比較勝負。白天演戲，夜晚
　　　在瓶花小几之間參差高下插上蠟燭，名爲「花照」。還在貴重的銅鼎上焚上各
　　　種異香，有如龍宮夜宴一般。
〔註8〕程章燦，〈《浮生六記》中芸的形象分析〉，收於張宏生編《明清文學與性別研
　　　究》（江蘇：江蘇古籍出版社，2002年10月），頁854。

峰。因為，面對的文獻資料不是「太少」，而是「太多」。〔清〕孔尚任的《桃花扇》已將李香君推向文學作品中的青樓高峰，誠如《桃花扇・小識》中所言：

> 帝基不存，權奸安在？惟美人之血痕，扇面之桃花，嘖嘖在口，歷歷在目，此則事之不奇而奇，不必傳而可傳者也。人面耶？桃花耶？
>
> 雖歷千百春，豔紅相映；問種桃之道士，且不知歸何處矣。〔註9〕

雖然孔氏終極關懷並不在「兒女之情」的表現，但無可諱言，李香居已隨「扇面之桃花」而「歷千百春」依然豔紅。《桃花扇》一劇引用的文獻不算多，已能將李香君傳之後世；相對於柳如是，據學者統計「《柳如是別傳》引用詩詞戲曲文集約二四〇種，正史野史年譜等一七〇種、書志五〇種，筆記小說等一四五種，共六〇五種。」繼陳寅恪時代之後，可見資料更多，如〈附錄五：柳如是相關題詠目次（計二百五十八人七百七十一首）〉、〈附錄六：柳如是相關筆記目次（計一百四十三人二百十二篇）〉、〈附錄八：柳如是相關資料知見錄〉，可知「柳如是」的接受層面之廣、之深。卞孝萱更指出：

> 陳氏從明代社會風氣的特點出發，提出甄別明人著述的原則：明季士人門戶之見最深，不獨國政為然，即朋友往來，家庭瑣屑亦莫不劃一鴻溝，互相排擠，若水火之不相容。故今日吾人讀其著述，猶應博考而慎取者也。在「博考而慎取」的原則下，《柳如是別傳》對隱諱的記載表出之，誣枉的記載駁正之。還有資料不足的問題；由於錢柳的復明活動，是在清朝統治下秘密進行的，不能公開形諸文字。陳氏藉殘餘斷片，作「神游冥想」，以求對錢柳之苦心孤詣達到真了解。
>
> 《桃劇》所參考的文獻不多，主要靠調查訪問，搜集創作素材；《柳傳》參考文獻六百餘種，仍感資料不足，以「神游冥想」求真了解。
>
> 〔註10〕

卞孝萱作出結論：《桃劇》美化了侯、李的形象，《柳傳》恢復了錢、柳的面目；《桃劇》以情節感人，敘事塑人，不拘泥於真實。《柳傳》以史識啟發人，論人論世，必求真實。

〔註9〕〔清〕孔尚任著，俞為民校註，《桃花扇》（臺北：華正書局，1994年9月，初版）。

〔註10〕卞孝萱，〈桃花扇傳奇與柳如是別傳〉，《文學遺產》，2000年第六期，頁85～94。

　　歷來很容易將李、柳兩者相提並論，如二〇〇二年的兩齣電視劇〈夢繫秦淮多爾袞〉、〈桃花扇傳奇〉都同時出現兩人身影（參看圖片頁62）。而牛剣在《新潮昆曲四種》中的〈香君小宴〉這齣戲中，也將兩位女主角並置於同一劇中，可見一般人總是「想當然耳」地將之牽綰在一塊。

　　在學術界中，柳如是則因史學大師陳寅恪的高度接受與高度評價而更推向學術歷史最高峰。但他下筆之際，也有此感觸：

　　　三百年來記載河東君事蹟者甚眾，寅恪亦獲讀其大半矣。總括言之，可別為兩類。第壹類為於河東君具同情者，如顧云美之〈河東君傳〉等屬之。第貳類為於河東君懷惡意者，如王勝時澐之〈虞山柳枝詞〉等屬之。其他輾轉鈔襲，僞謬脫漏者，更不足道。然第壹類雖具同情，頗多隱諱。第貳類因懷惡意，遂多誣枉。（《柳如是別傳》頁38）

陳氏《柳如是別傳》雖名「別傳」（可參〈附錄一、陳寅恪之「別傳」體由來新探〉），實乃又評又傳，既然涉及評，難免別為正反兩類意見而擇其一，今人所寫評傳，亦有相同現象，如《胡適評傳‧序》中，當代文化批評者李敖（1935～2018）認為一般的胡適傳記：

　　　基本的姿態都是維護他的，或是只頌揚沒有批評的，同時在史料處理方面又過於粗疏，難免有很多錯誤。十多年來，我遍讀有關胡適的一切著作，深覺不過是兩類而已：一類是近於酷評的（diatribe）；一類是過度頌揚的（eu-logy）。〔註11〕

兩類共有的毛病是訓練方法鬆散，更別提接觸史料，解釋史料。於是，旌旗開處，胡適一出場，喊打與叫好之聲此起彼落，胡適一方面被罵得天誅地滅，一方面又被捧得縮地戡天。結果呢，雙方的感情因素都是滿足了自我，可惜被搬弄的卻不是真正的胡適之！英國的大政治家克倫威爾曾經大罵為他畫像的人，認為：「畫我須是我」（Paint me as I am）。這句話，可以給任何「肖像」畫者深以為誡。同樣的，柳如是並非能輕易被了解的，所以也不容易被論斷，被「畫像」的。筆者當然希望不僅是「畫」柳如是的「像」，並且還要畫明、清易代之際的「像」，期望刻畫出那個時代的大舞臺，畫出其喜劇悲劇，畫出

〔註11〕 李敖，〈關於「胡適評傳」〉，《胡適評傳》（臺北：遠流出版，1986年4月），頁2～3。

劇裏的主角配角，畫出場地布景，也畫出布景中的眾生相，更畫出戲臺前面的千萬隻眼睛。

二、文獻回顧

陳寅恪有過這種感歎：

> 但不見河東君此書〔註12〕，斯誠天壤間一大憾事。惜哉！惜哉！（《柳如是別傳》頁 339）

黃裳曾在〈關於柳如是〉一文提及：

> 爲了「研究」（姑且這麼說說吧），我蒐集過一些資料。托朋友從圖書館裡抄來了她的詩集，從清人文集、筆記中蒐集了一大堆有關文獻，幾乎有編成一冊「蘼蕪集」的本錢了。又蒐集了她的一些逸詩，還買到過一張朱野雲所模的小像，正是如是初訪半野堂的小影。畫幅四周，題滿了吳山尊、費屺懷、嚴幾道等數十位作者的題詩。可惜的是，還沒有來得及研究，這一切就都「迷失」了。〔註13〕

不僅黃裳所見的資料遺失，就連他所輯的資料亦不見蹤影〔註14〕，但很幸運地，跨入西元二〇〇〇年之後，「柳如是」現象突然風起雲湧，除了劉燕遠的《柳如是詩詞評注》在二〇〇〇年一月出版之外，谷輝之女士所輯的《柳如是詩文集》也在二〇〇〇年十月，由上海古籍出版社重新印行出版〔註15〕。而陳寅恪的《柳如是別傳》舊版原爲上海古籍出版社一九八〇年八月的藍板封面的

〔註12〕 據卞敏《柳如是新傳》書前圖片說明「柳如是《戊寅草》、《湖上草》、《尺牘》劇本藏浙江圖書館。陳寅恪先生『未得親見』後兩書，今特製版置於卷首，供讀者鑒賞，彌補陳先生未見之憾。」本文亦將其他書影並附見之，參見圖片頁1～5：「詩文篇」。但據《柳如是別傳》文字細繹，「此書」恐指柳如是酬陳子龍〈長相思〉的作品。

〔註13〕 黃裳，《榆下說書》（北京：生活・讀書・新知三聯書店，1982 年 2 月 1 版 1 刷，1998 年 5 月 1 版 2 刷），頁 147。

〔註14〕 見周小英在《柳如是事輯》序中言：「所知者十一家，所見者九家。」十一家爲：雪苑懷圃居士《柳如是事輯》、葛陰梧《蘼蕪紀聞》、周法高《柳如是有關資料》、胡荃《錢牧齋柳如是逸事》、丁芝孫《河東君軼事》、袁瑛《我聞室賸稿附編》、胡文楷《柳如是詩文鈔》、長樂吉祥室寫本《河東君遺事》、徐兆瑋《河東君遺事》、鍾毓龍《我聞如是之軼事》、黃裳《河東君事輯》。後二書爲未見者。

〔註15〕 舊版原在一九九六年由浙江省的中華全國圖書館文獻縮微複製中心發行，但流通量不大。

三冊，更由北京的「生活・讀書・新知三聯書店」在二〇〇一年重新推出新版套書。而黃裳一文所提的畫像，似乎就是指康師來新所珍藏的畫像（參見圖片頁 23：柳如是像 5，細節討論可見「小像摹本流傳」一節）。

　　至於研究柳如是的專書論述，除了上述的陳寅恪《柳如是別傳》外，另有周法高《柳如是事考》、周采泉編著《柳如是雜論》、孫康宜著，李奭學譯，《陳子龍柳如是詩詞情緣》、胡守為編《柳如是別傳與國學研究》，臺灣四本碩士論文：二〇〇一年六月東海大學高月娟的《柳如是及其《戊寅草》研究》（鍾慧玲教授指導）、二〇〇五年臺南大學的沈伊玲《柳如是及其詩詞研究》（汪文中教授指導）、二〇〇六年一月中山大學的郭香玲《柳如是及其《湖上草》初探》（張仁青教授、龔顯宗教授指導）、二〇一五年中央大學吳佩貞《從青樓到閨閣的文學跨越——以柳如是與徐燦為例》（王力堅教授指導）。二〇〇八年北京語言大學徐寧《柳如是及其詩詞研究》博士論文、香港中文大學孫賽珠的博士論文《柳如是文學作品研究》、輔仁大學朱衣仙《「歧路花園文本」的認同建構：以《陳寅恪與柳如是》與《加利菲亞》（Califia）為例》（劉紀雯教授指導，此本為比較文學研究所之博士論文）。二〇〇九年彰化師範大學蘇菁媛博士論文《晚明女詞人研究》（黃文吉教授指導）。

　　期刊論文部分超出百篇，細目可參看〈附錄八：相關資料知見錄：柳如是相關論述〉。通論介紹性質的，如杜若〈錢牧齋和柳如是〉、繆鉞〈再讀《柳如是別傳》〉、曹紀農〈錦心繡口奇氣俠腸——柳如是〉、莊練〈文采風流柳如是〉、裴世俊〈共檢莊周說劍篇——為人詬病的錢柳姻緣〉、俞允堯〈秦淮八豔傳奇之二〉、邱維俊〈柳如是的傳說〉、康正果〈重新認識明清才女〉、王學仲〈金陵才女們的挽歌〉等篇。專論或合論柳如是的，有孫康宜〈柳是對晚明詞學中興的貢獻〉、〈陰性風格或女性意識？——柳是與徐燦的比較〉、黃裳〈西泠訪書記〉、〈關於柳如是〉、〈錢柳的遺跡〉、賀超〈論柳如是詩詞中獨特的精神內涵〉、邵紅梅〈花影迷離的清代前期詞壇：明季殘紅與清初新蕾——柳是〉、郝潤華〈柳如是與晚明才女群〉等篇。

　　另有一類專論陳寅恪《柳如是別傳》相關問題的，如劉夢溪〈以詩證史・借傳修史・史蘊詩心——陳寅恪寫《柳如是別傳》的藝術精神和文化意蘊及文體意義〉、〈史學的藝術之境——陳寅恪與《柳如是別傳》〉、〈「文化中國」解構與重建——陳寅恪《王靜安先生挽詞並序》新釋〉、姜伯勤〈陳寅恪先生與心史研究——讀《柳如是別傳》〉、筆者〈陳寅恪之「別傳」體由來新探〉、

劉廣定〈陳寅恪與「紅樓夢」(悼念陳寅恪先生（1890～1969）逝世三十年)〉等文。(本書完成後，陸續出了不少相關著作，族繁不及備載)。

探討戲劇演出的三篇論文是：郭漢城、陳慧敏〈李仙花及《蝴蝶夢》、《柳如是》〉、齊致翔〈堅守與超越──在《柳如是》的情愛世界裡徜徉〉、藍空〈章台女兒唱大風──看李仙花主演《柳如是》〉；討論繪畫的論文多為合論性質，有陶詠白、李湜〈青樓文化觀照中的女性繪畫──寄情山水的柳如是、范玨〉、陸蓉之〈社交名媛身分的女性藝術家〉；憑弔墓蹟的文章有黃裳〈錢柳的遺跡〉、山谷〈常熟的遺忘〉、劉夢溪〈「桃花得氣美人中」──虞山訪柳如是墓〉等篇。

至今即使已近四百年，跨進廿一世紀的現在，我們仍然得撥開重重的歷史迷霧，尋找柳如是、閱讀柳如是、重新看待柳如是，結合歷史傳記研究與文學文本分析，給予柳如是形象再度評價，亦對歷來不絕於縷的「柳學」作進一步的探索，分析讀者眼中觀看的如是形貌，接受圖像而發為詩歌題詠這種再創的闡釋，其心理層面及背後隱藏的文化結構與文化現象。

三、章節介紹與研究方法

本書共分三編，分別從「河東君」、「我聞居士」、「柳如是」的三層文化記憶，以「接受美學」的觀點論述。前者偏重柳如是生命史、文藝創作，後二者從接受史入手，勾勒明末以來「柳如是」的形象建構，探討其如何變成地域家族、知識分子，乃至戲劇、影視文本共同關注的文化符碼。

上編為「河東君」論述──以《柳如是別傳》為中心，起自「壹、青樓中的盛澤才女──地緣人緣」，先描繪柳如是的出身地──吳江與所處的時代──「明清之際」，再說明秦淮的風貌及國士名姝情誼。繼之「貳、青山裏的浪漫演出──改姓易裝」一文，重點在考察柳如是改名換姓及易裝初訪半野堂的文化意義。「參、青史上的才命相妨──愛情政治」描述柳如是婚前的文藝創作與婚後的政治活動，在青史上各有不同讀者、閱聽社群作不同系統的評價。中編「我聞居士」論述──以常熟地區的文化記憶為中心，從接受史的觀點：「尤物論」人格──分析錢柳墓塋距離顯現的家族認同與「氣節」、「紅妝頌」陳氏──既結合史實考察復亦完成文學箋證，探討出現在陳寅恪晚年生命中的奇女子；並從「我聞室」、「絳雲樓」的常熟文化地理座標，探討柳如是以何徑路開拓自己的文化知識分子的位置，並在《聊齋》與《紅

樓》中形成了「狐女」和「金釵」的分身。下編的「柳如是」論述——則以
文物、題詠、小說戲曲爲中心，針對錢氏家族、明末清初時人與跨入民國以
後的文化遺老，對「柳如是」形成的題詠與筆記，再加上當代的影視文本與
改編小說，作一綜合探述，以對照歷史人物在小說戲曲上的變遷，釐清其分
野。反映了傳主柳如是從「他稱」到「自稱」，自我主體呈現與掘發，並考
察撰述者背後的文化關懷。

　　〈附錄三、《柳如是詩文集》目次〉則便於了解傳主一生的作品全目；〈附
錄四、柳如是年譜簡表〉則爲傳主一生梗概。〈附錄五、柳如是相關題詠目次
（計貳佰伍拾捌人柒佰柒拾壹首）〉與〈附錄六、柳如是相關筆記目次（計壹
百肆拾參人貳百拾貳則）〉，主要以周法高、谷輝之、范景中三書參校整理而
成，再佐以其他寓目資料，改以「人」爲主體，便於學者檢閱；〈附錄八、柳
如是相關資料知見錄〉是筆者蒐集整理的資料，可以窺知當前學術界對「柳
如是」的研究概況。

　　圖片部分因資料龐大，暫不以圖文並置的方式，且爲清眉目、排版清晰，
統一排於文前。並從「傳主史料」到「讀者接受」區別二層次，細分爲七部
分：「詩文篇」（頁 1～6）、「書畫篇」（頁 7～14）、「寓所篇」（頁 15～18）、「畫
像篇」（頁 19～38）、「文物篇（頁 39～40）、「題詠篇」（頁 41～58）、「大眾文
學篇」（頁 59～72）。

　　本書的研究方法主要從讀者反應的接受美學出發，所謂「接受美學」
（aesthetics of reception），源起於德國的康茨坦斯大學，和讀者反映理論（reader
response criticism）有異曲同工之妙。代表人物是姚斯（Hans Robert Jauss）和
伊瑟爾（或譯作伊舍）（Wolfgang Iser）。他們反對作者中心論、文本中心論，
認爲文學作品的意義是由讀者閱讀的過程中共同創造、臻於完善。惟有透過
讀者的經驗，才能重塑文學的歷史性，就像「詩無達詁」。兩者在理論上互相
影響、滲透。本來，在文學批評領域中，早就有批評家特重讀者在文學鑑賞
過程中所扮演的角色，中國六朝的《文心雕龍・知音》：「蘭爲國香，服媚彌
芬；書亦國華，玩繹方美。」文學作品的美學價值在讀者欣賞玩味與演繹之
下充分呈現。只不過西方傳統的文學批評，仍較注重作者創作時的意圖、背
景，以及作者對作品意義的權威。後來，結構主義和新批評興起，又看重文
本內在的字質、張力、歧義等等。

「接受美學」和「讀者反映批評」則是把作品闡釋、欣賞的重心放在讀者身上，改變了傳統批評中不重視讀者的偏差。接受理論一反傳統文學史注重作家、作品的注經式研究，而將讀者接受狀況引進文學史，使文學史的研究更加豐富多彩。

在文學批評仍以作者為重心之時，沙特（Jean, Paul Sartre, 1906～1980）早在一九四七年發表的《什麼是文學》（What is Literature）一書中，提出作者需要讀者參與的說法，作家不能單獨完成他的作品，作家的寫作是「向讀者的自由發出召喚，讓他來協同產生作品」。沙特的閱讀理論，可以說是接受美學的先河，沙特存在主義的哲學思維認為，文學作品只有在他人注視之下才能獲得其存在，沒有讀者的閱讀行為，作品只是一個沒有生命的靜止物，充其量只具備成為藝術品的可能性。因此，作品是一種存在的召喚，閱讀是作者引導下的創作，在閱讀過程中，讀者隨時可發揮其想像力，越過作家在作品中留下的痕跡、密碼，重組美的客體。

後來，英伽登（Roman Inqarden，1893～1970）受到現象學的影響，認為未經閱讀的作品只是一種「潛在」，即可能的存在，通過閱讀，它才會變為「現實的存在」。文學作品的這種獨特的存在方式使它包含了大量的「未確定點」（indeterminacies）和「空白」（blanks），有待於讀者在閱讀過程中予以填補和消除。英伽登把讀者在閱讀過程中對不確定性和空白的填補稱為文學作品的「具體化」，讀者經由閱讀的具體化，每每使作品染上自我經驗的想像和主觀的色彩。但另一方面，作品又通過強烈的暗示，約束讀者的想像和具體化，只有遵循文本的暗示，才是恰當的理解。本書的下編「柳如是」論述（以文物、題詠、小說戲曲為中心），亦即是運用當代讀者的填補空白與想像，具體化柳如是的一顰一笑、所思所動。

再者，英伽登又認為，作品具體化的完成，在不同讀者那裡，不僅方式不同，其結果也是很大差異，即見仁見智也。由於在個別閱讀中，讀者的經驗世界、想像力，以及閱讀時所處的狀況各不相同，具體化帶來的直接結果：非但不同的讀者將作品「具體化」的方式有所差異，而且同一個讀者即使閱讀同一部作品，隨著年齡、心境、遭遇不同，每一次的審美理解和體驗也會發生變化。一如〔宋〕蔣捷〈虞美人〉：「少年聽雨歌樓上，紅燭昏羅帳。壯年聽雨客舟中，江闊雲低，斷雁叫西風。而今聽雨僧廬下，鬢已星星也。悲歡離合總無情，一任階前點滴到天明。」面對同樣的瀟瀟雨聲，即有浪漫少年、飄泊中年，以及亡國後淒苦晚年的三層心緒寫照。

英伽登又提出「適當具體化」（adequate concretisation）的概念；所謂適當具體化，意味著讀者對作品中不確定點和空白的填補必須嚴格地在文本的基礎上依照文本的暗示進行，而不能隨意地任憑直覺和經驗行事。

接受美學的方法、理論往往來自西方文學現象歸納而得的結果，中西文學傳統不同，西方理論也不盡然適用於中國之文學批評，其理易明。但文學批評的原理原則卻又有其共通之處，西方的某些理論，有時確實可以對中國傳統之文學批評，有所開展和補足，尤其中國文學批評一向缺少邏輯嚴明的理論分析，雖然體會精微，卻「往往不能對其所以然的道理做出詳細的說明」，但又與西方的文論暗合。借用西方較爲系統化的方法，正可補中國文論之不足〔註16〕。正因如此，本書在適當之處亦借用之。

經過筆者辛勤蒐集，可說是讀者「接受美學」反應的資料，來源龐雜，有過濾自古代文獻資料，也有採集實際田野，獲得各式各樣畫像資料（最重要如康師所藏，參見圖片頁 23；柳如是像 5；半身像五；河東君小像）；柳如是像 8（參見圖片頁 26），《中華再造善本》中據元刻本《陽春白雪》所印製的彩色畫像。據聞此書原藏於絳雲樓，絳雲樓毀於大火，這張畫卻奇蹟地保留下來。只是黃蕘甫的題跋皆只言此書爲惠香閣所藏，有「女史」、「牧翁」印（參見圖片頁 26），卻未對此畫像有隻字片語的介紹，更無法知曉出於何人之手筆。甚至「畫像篇」中的頁 28；柳如是像 10；立像二，更是在二〇〇二年暑假，絲路之行中的一個驚歎號！位於甘肅省蘭州市的黃河公園岸邊的觀光景點——水車公園，其國營事業單位店中，擺滿各式藝品的角落裏，竟然出現「秦淮八豔」的圖詠瓷畫，但由於索價過高（一幅單價人民幣壹仟貳佰元，共四幅），店長以國營爲恃，堅持原價不肯折扣，因此也只能望圖興歎，留下美麗倩影憑弔罷了。

而另外一個「美麗的錯誤」是取得「喜上眉梢硯」的資訊，令人既驚訝又興奮。一九九九年七月，輾轉從文化大學的皮教授宿舍窺見這方硯臺的芳蹤，但此硯翌日又得橫渡大海、物歸原主——美國的親戚，因而只能拍攝存影（參見圖片頁 40：柳河東夫婦題銘書畫硯）。

除了蒐尋「柳如是」形象的各類文物資料，更是歸納各種文獻資料，如康來新教授珍藏畫像上的題詠，經過嚴密仔細的辨認，數度請教方家，判辨

〔註16〕 參見葉嘉瑩，〈從西方文論看中國詞學〉，《中國詞學的現代觀》（臺北：大安出版社，1988 年），頁 33。

其書法文字，對照種種出版書籍文獻，終於確定爲十七人四十一首，其成果展現在圖片「題詠篇」（頁 41～54）的對照文字。至於畫像系統，定爲四種：即半身像、立像、坐像與入道像。更歸納分析畫像的擁有者宜分兩大系統：畫家與藏家，細節分別見於〈陸、小像摹本流傳〉一節。而文物方面也經歸納爲十類，其討論可見〈陸、文物風華再現〉一節。

　　另外，〈附錄五〉與〈附錄六〉的柳如是相關題詠、筆記資料，更是經過重重勘驗，一再歸納與細密的統計，方能以目前表格形式呈現接受者的所有文類〔註17〕，可視爲接受史料的一部分，彌足珍貴。〈附錄七〉當代十二本「柳如是」傳記小說章節目次，亦可就改編者的期待視界、目光筆力，塡補正史、筆記、《柳如是別傳》之逸趣，豐盈「柳如是」的接受美學。「柳學」研究正熱烈進行中，包括洪惟助教授的崑劇《柳如是》預計二〇一九年北京首演。當然，可知見的，將會頌吟不絕、傳唱不歇！

〔註17〕周法高的書爲早期的手抄本，存有不少訛誤；谷輝之輯本以 2000 年出版爲主（對 1996 年版有所修正）；范景中、周小瑛的輯本是目前最齊整的，但未收全周書的資料，且以體裁分上編、下編，又按題材各分四卷，同一位作者的作品分散各處。

上編：「河東君」論述
——以《柳如是別傳》爲中心

壹、青樓中的盛澤才女──地緣人緣

一、前言

卞孝萱在《柳如是新傳‧前言》中開宗明義提到：

> 對於柳如是，人們並不很陌生。善良的讀書人感嘆她的絕世才華和
> 不幸身世。清平湖葛昌楣（雍吾）輯《蘼蕪紀聞》兩卷，就是同情
> 的一種表現。而輕薄文人則至今仍把她與明末的馬湘蘭、顧眉生、
> 卞玉京、董小宛、寇白門、李春君以及陳圓圓合稱「秦淮八豔」，津
> 津樂道她的名妓生涯。其實，據清余懷（淡心）《板橋雜記‧麗品》，
> 馬湘蘭等六人是南京妓女。陳圓圓是吳中妓，非秦淮妓。柳如是雖
> 在吳江盛澤鎮做過妓女，南明時，她隨丈夫、禮部尚書錢謙益至南
> 京，已是貴婦身分而非妓女身分。《板橋雜記》中未將柳如是和陳圓
> 圓列入，而今人把如是與馬湘蘭等並列為「秦淮八豔」，實在是湊數。

上述諸言，引發兩個問題：一是「秦淮八豔」的流行語琅琅上口，致使柳如
是在一般人的觀念中，總是與「秦淮」聯想在一起，但她果真是秦淮名妓嗎？
二是她的婚姻歸宿問題，衍生出一段為人樂道的明清國士名姝情誼的文化氛
圍。底下即依此探討柳如是之源出與秦淮藝文圈的國士名姝情誼。

二、吳江盛澤才女

學而優則仕，讀書人在仕途遇合上，自古多為男子求見貨才，殊不知戰
國時代便有女子求見之例，根據《越絕書》記載：

昔楚考烈王相春申君也，吏李園，園女弟環謂園曰：「我聞王老無嗣，可見我於春申君，我欲假於春申君，我得見春申君，徑得幸王矣！」園曰：「春申君，貴人也。千里佐，吾胡敢託言？」女環曰：「即不見我，汝求謁於春申君，才人告遠道客，因請歸待之。彼必問汝，汝家何等遠道客者。因對曰：『園有女弟，魯相聞之，使使來求之園。』才人使告園者。彼必問汝：『女弟何能？』對曰：『能鼓音，讀詩書，通一經。』故彼必見我。」

園曰：「諾。」明日辭春申君：「才人有遠道客，請歸待之。」春申君果問：「汝家何等遠道客？」對曰：「園有女弟，魯相聞之，使使來求之。」春申君曰：「何能？」對曰：「能鼓音，讀詩書，通一經。」春申君曰：「可得見乎？可明日使待於離亭。」園曰：「諾。」既歸，告女環曰：「吾辭於春申君，與我明夕待於離亭。」女環曰：「園宜先供待之。」

春申君到，園馳人呼女環，到黃昏，女環至，大縱酒，鼓琴，曲未終，春申君大悅，留宿……

林語堂先生認為這就是當時受過教育的女子和文士之間交往的紀錄，當時有善說辭、通文才、嫻於音樂的女子，不論是基於社交的、美術的或文學的各種動機，都使得男女有機會共處，點綴這社會的性質氣象是上層的、貴族化的，因為，常人很見到高官相國，但他在知道有女子既嫻於音樂、又擅長文才時，便也渴於一見。〔註1〕

　　這股風氣綿延不絕，歷史上出類拔萃的娼妓都以精通詩詞曲為時尚，用文化品味來提高的身價，形成如蘇小小、薛濤、杜秋娘、李冶、魚玄機、嚴蕊、琴操、關盼盼等一類「名妓」。不同凡響的藝術修養與卑賤的身分混揉，構成傳統社會獨特的文化現象。作為本體意義上的「人」，肉體或許被屈辱、蹂躪與損害，靈魂深處洋溢著的嚮往和追求，卻往往更為崇高、熾熱。

　　明末名妓輩出，南京的秦淮河更是風流淵藪，從那兒走出來的「名角」，與當時的東林、復社之青年才俊聯袂，匯聚成風雨如晦時的一道道閃電。

〔註1〕見〈談話〉一文，收於《林語堂百年紀念文集》（臺北：正中書局，1994 年 10 月），頁 231。

誠如陳寅恪所說，記載柳如是事蹟的典籍不外乎兩類──「具同情」與「懷惡意」，可謂「非黑即白」，一種是善良的人具備同情之心而故爲隱諱，另外一種則是輕薄無行的人懷著惡意而恣意誣枉詆毀。兩者交錯複雜，呈現的柳如是就像文鴻、李君〈穿過歷史的塵埃〉一文所問，柳如是眞實的面容究竟是明末名妓、風塵才女？還是名士艷姬、尙書夫人？如果想撩開歷史的迷霧，拂去時間的塵埃，單單翻閱那些父權下的典籍文誥，是遠遠不夠的。在那些浩瀚篇章的典籍之後，女性的歷史正等待有心人的書寫與建構。原本那些方方正正的漢字，能夠透露女子存在的身影，傳遞女性生活的氣息，散發女性曾經有過的獨特的風韻嗎？或許在湖南出土的《女書》〔註2〕才能給予我們常民鄉土女性生活面貌的答案。

我們不難在稗官野史筆記中，發現女子的秋波，一顰一笑，但當我們進一步追尋女性的蹤影，勾勒女性身形時，又倏然化作一縷輕煙，隱沒在迷離的文字。中國歷來講究「人過留名，雁過留聲」。在歷史典籍中，我們能發現爲數眾多的追求「聲名」的事例。遠在秦朝末年，陳勝振臂一呼：「壯士不死則已，死即舉大名耳！」這樣疾沒世而名不彰的吶喊，可知中國人多麼重視立德、立言、立功的聲名。

翻開史冊，我們發現，昂然站在裡面的，無論是帝王、公侯、權臣、要相，抑或妝佞、禍閹，都是鬚眉男子。當然，也有一些女性搖曳著絳茜或青翠的裙衫，羞羞怯怯地玉立於男人的夾縫中，我們從男人浮光掠影的筆下，看到的僅僅是她們生活的某種側面，她們的「歷史」：

> 不過是幾首清麗幽婉的閨閣詩詞，或是流布當時的逸事閒情。至於她們的整體形象到底是什麼樣子，歷史似乎並不能滿足我們的這種慾望。掩卷沉思，叫我們禁不住發出一聲聲長嘆短吁：青史留名固難，女子若要著名的青史，則更難矣！如是幸運，她俏麗身影隱隱浮現男人的筆端；如是又不幸，她只能化作一抹輕逸的浮雲，飄游在江左名士、東林巨擘的身旁，漂浮在歷史的天空。

〔註2〕一九八二年，中國湖南江永地區發現了人類文明史上第一批女性專用的文字──女書，震驚世界。這批結合藝術與生活的國寶，綿延近兩百年，不爲人知，是湘楚女子獨創「似織錦」、「似圖畫」的文字，藉以歌詠人世的憂喜悲歡，呈現如水般的女性情誼與堅韌的生命力。一九九○年，臺灣的婦女新知基金會秉持爲女性文化拓荒的精神，遠赴大陸，取得大量女書原作，手抄、整理、精編精印，世界第一本女性文字專書──《女書》得以最完整的面貌問世，是人類學、女性學，更是美學與藝術的重大事件。

所以文鴻、李君執意「穿越久遠的時間，拂去歷史的塵埃」，在典籍的殘片中苦苦追尋柳如是的容顏。

說起柳如是的早歲身世，參見鈕琇〈河東君〉：

> 河東君柳如是，名是，一字蘼蕪，本名愛，柳其寓姓也。丰姿逸麗，翩若驚鴻，性獧慧。賦詩輒工，尤長近體七言。作書得虞褚法。年二十餘，歸虞山蒙叟錢宗伯，而河東君始著。
>
> 先是我邑盛澤歸家院，有名妓徐佛者，能琴，善畫蘭草，雖僻居湖市，而四方才流，履滿其室。丙子春，婁東張西銘以庶常在假，過吳江，泊垂虹亭下，易小舟訪之。佛他適。其弟子曰楊愛，色美於徐，綺談雅什，亦復過之。（《觚賸》，康熙壬午臨野堂刊本，卷三，頁三）

「翩若驚鴻」已點出她泛舟來往自如，波光瀲灩，所以有逸麗之感。詩書才藝雖然令人拍案，但卻是在嫁給錢謙益之後，「河東君」之名才顯揚，而「佛他適。其弟子曰楊愛，色美於徐，綺談雅什，亦復過之。」在歸家院中，徐佛與楊愛這段師生關係，如仲廷機輯《盛湖志》所載：

> 徐佛原名翻。字雲翩，小字阿佛，嘉興人。性敏慧，能琴，工詩，
>
> 善畫蘭。隨其母遷居盛澤歸家院，遂著聲於時。柳是嘗師之。〔註3〕

柳如是拜徐佛為師的「師生之誼」（或現稱的「姐妹情誼」），與二次世界大戰後，日本聲名顯赫的藝妓岩崎峰子（Mineko Iwasaki）傳奇的一生有苦干相似之處。

亞瑟‧高登（Arthur Golden）以岩崎峰子為原型所著的《一個藝妓的回憶》〔註4〕中，年僅九歲的小千代子被父親賣到京都祇園，由於她美麗的「灰眼」引來嫉妒，成為受訓期間的重重阻礙，直到躲進實穗羽翼下，才結束痛苦的日子。實穗成為千代子的良師益友、姊姊〔註5〕，並指導她改名小百合，如何在藝妓界受到歡迎，而且成功的安排了小百合兩件大事：一是以歷史高

〔註3〕仲廷機輯《盛湖志》，民國庚申至乙丑刊本，卷一，頁41。

〔註4〕亞瑟‧高登（Arthur Golden）著，林妤容譯，《一個藝妓的回憶》（臺北：希代出版社，2001年6月）。

〔註5〕馬耀輝在前揭書〈導讀──藝妓的傳統與現代〉一文指出，在現代要成為一名藝妓，必須經過「學徒」、「見習」、「舞妓」的階段，接受嚴格訓練方能如願。第二個見習階段中的姊妹關係在藝妓界中非常重要，因為「姊姊」不僅要負責「妹妹」日後的教育、訓練，同時也是物質生活與精神方面的照顧者支持者，直到「妹妹」可以自立。（頁5）

價賣出童貞（水揚〔註6〕），二是爲她找到一個贊助者。千代子從小被大人稱讚「命中帶很多水」，暗示她一生命運被安排在風化區打滾。年輕的柳如是廿四歲以前過的是以船爲家的生活，如浮花浪蕊，第一本詩作《戊寅草》中，〈游龍潭精舍登樓作，時大風。和韻〉云：

> 琢情青閣影迷空，畫舫珠簾半避風。縹緲香消動魚鑰，玲瓏枝短結鷲紅。同時蝶夢銀河裏，并浦鷥潮玉鏡中。歷亂愁思天外去，可憐容易等春蓬。

看來這富麗堂皇的畫舫，只留空影迷濛，連避雨避風都是奢談。徒留莊生夢蝶之憾。怔忡醒來凄凄照鏡，歷數這動盪離亂生涯，滿腹愁思也只能暫拋九霄雲外。末句「可憐容易等春蓬」可見其漂泊生涯一如春天的蓬草，飄轉無根。浮舟泛槎的畫舫、流落吳越間的水鄉生涯，更是練就「善飲」豔名，陳寅恪指出：

> 河東君不僅善飲，更復善釀。河東君之有仙才，自不待言。（《柳如是別傳》，頁 104）

> 河東君往往於歌筵綺席，議論風生，四座驚歎。（《柳如是別傳》，頁 178）

> 蓋河東君能歌舞，善諧謔，況復豪於飲，酒酣之後，更可增益其風流放誕之致。（《柳如是別傳》，頁 268）

這種「善飲」，不僅是天性使然，也是環境造成，在「歌筵綺席」中酬酢周旋，若不善飲，豈能獲歡？陳寅恪也特別言明「此乃事非得已，情尤可傷」也。

如是最初源於吳江盛澤，雖其間去來吳越「行雲無定所」，然其經常住處，當仍爲歸家院。依宋徵璧《含眞堂詩稿·伍·秋塘曲並序》云：

> 宋子與大樽泛於秋塘，風雨避易，則子美渼陂之遊。坐有校書，新從吳江故相家流落人間，凡所敍述，感慨激昂，絕不類閨房語。且

〔註6〕小說中，姊妹們討論「水揚」爲「女人的洞穴第一次有男人的鰻魚進去」（頁265）；馬耀輝在〈導讀〉中說明：「藝妓的童貞賣給出高價的『旦那』（男主子）」（頁 6）；彭雙俊則說：「藝妓如果沒結婚的話，是可以做一輩子的工作。它是講求技藝的工作，想成爲藝妓就得接受嚴格的訓練，以『某一種職業來遮蓋她的眞正買賣』（波娃語）。第一次性經驗是經過競價過程，愈高愈好，因爲下半身（水揚）的好價碼與下半生的好日子緊緊相關。」（頁 9）此詞語應類同〔清〕孔尚任在《桃花扇》劇中所提及李香君的「梳攏」（亦作「梳攏」）。

出其所壽陳徵君詩，有「李衛學書稱弟子，東方大隱號先生」之句
焉。

所謂「吳江故相家」及柳「流落人間」的原因，陳寅恪已在《柳如是別傳》
第三章〈河東君與「吳江故相」及「雲間孝廉」之關係〉考證出與柳如是最
有關係的是周道登、李待問、宋徵輿及陳子龍四人，並說明：

> 河東君之入主周念西家，尚為幼小不自由之身，可置不論。李存我
> 則以忠義藝術標名於一代，自是豪傑之士。宋轅文雖後來進仕新朝，
> 人品不足取。然當崇禎中葉，與河東君交好之時，就其年少清才而
> 論，固翩翩濁世之佳公子也。至於陳臥子，則以文雄烈士，結束明
> 季東南吳越黨社之局，尤為曠世之奇才。（《柳如是別傳》，頁 347）

綜合上述，最後言：

> 後世論者，往往以此推河東君知人擇婿之卓識，而不知實由於河東
> 君之風流文采，乃不世出之奇女子，有以致之也。（《柳如是別傳》，
> 頁 347）

「後世論者」總著眼於柳如是的自由來去，能夠周旋眾多男子之中，展開一
段又一段的戀情，強調的是傳統社會對女子未來歸屬的心態——正如《詩經‧
周南‧桃夭》所言「之子于歸，宜其室家」。尤其柳如是出身青樓，更得苦心
孤詣地尋覓自己的歸宿。如《尺牘》第二通：

> 早來佳麗若此，又讀先生大章，覺五夜風雨淒然者，不關風物也，
> 羈紅恨碧，使人益不勝情耳。少頃，當成一詩呈教，明日欲借尊舫，
> 一向西泠兩峰。餘俱心感。

中宵獨立，倍覺淒風苦雨，雖口頭強說「不關風物」，卻是「羈紅恨碧」，當
然不勝其情。而第三通云：

> 泣蕙艸之飄零，憐佳人之埋暮，自非綿麗之筆，恐不能與於此，然
> 以雲友之才，先生之俠，使我輩即極無文，亦不可不作，容俟一荒
> 山煙雨之中，值當以痛哭成之可耳。

「泣」、「憐」之語，襯顯佳人飄零之悲、遲暮之苦！更加上荒山煙雨的絕境，
怎不令人痛哭？第四通接著說：

> 接數并諸台貺，始知昨宵春去矣。天涯蕩子，關心殊甚，紫燕香泥，
> 落華猶重，未知尚有殷勤啟金屋者否？感甚！感甚！

夜寒露重，失眠的人不知伴了幾晚孤枕，恍然悟到春天已逝，但護泥落花仍
期待殷勤的探蜜者啊！第五通的感歎是：

嵇叔夜有言：「人之相知，貴濟其天性。」弟讀此語，未嘗不再三嘆
也。今以觀先生之於弟，得無其信然乎？浮談謗歡之跡，適所以爲
累，非以鳴得志也。然所謂飄飄遠遊之士，未加六翮，是尤在乎鑒
其機要者耳。今弟所汲汲者，止過於避跡一事，望先生速圖一靜地
爲進退。最切！最感！餘晤悉！

面對那些不實言論的毀謗，相信會在「信我者」的知己身上找到支持力量。
柳如是也衷心尋覓進退有據的安靜園地。可是在第七通的信，卻無限悵然：

鵑聲雨夢，遂若與先生爲隔世遊矣。至歸途黯瑟，惟有輕浪萍華與
斷魂楊柳耳。回想先生種種深情，應如銅臺高揭，漢水西流，豈只
桃花千尺也。但離別微茫，非若麻姑、方平，則爲劉、阮重來耳。
秋間之約，尚懷渺渺，所望於先生維持之矣；便羽即當續及。昔人
相思字，每付之斷鴻聲裏，弟於先生亦正如是，書次惘然。

恍如隔世的杜鵑泣血，這場交遊猶似夢中的雨聲，未來有路可回嗎？前途黯
淡，令人斷魂。只見浮萍浪跡，楊柳依依。古人離別相思之意，總寄託鴻雁
傳情，而柳如是卻是在「斷鴻聲裏」惘然，渺渺無期。陳寅恪認定爲《尺牘》
中透顯的部分主旨是「身世飄零之感及歸宿選擇之難」（《柳如是別傳》，頁
379）。在陳寅恪的眼中，二十二歲的柳如是已是「美人遲暮，歸宿無所」（《柳
如是別傳》，頁403），而且精確指出柳、陳、錢三人的歲數差距：

依當日社會一般觀念，柳如是或尚可稱盛年，然已稍有美人遲暮之
感。臥子正在壯歲，牧齋則垂垂老矣。庚辰後五年爲順治二年乙酉，
明南都傾覆，河東君年二十八，牧齋年六十四。河東君雖願與牧齋
同死，而牧齋謝不能。庚辰後六年爲順治三年丙戌，臥子殉國死，
年三十九。河東君年二十九。（《柳如是別傳》，頁574）

在古典文學中，發出青春似水如花易逝的怨女，如《牡丹亭》的杜麗娘、《西
廂記》的崔鶯鶯，都不過是二八年華，頂多十八、九歲而已。而唐詩妓薛濤
〔註7〕有著名的〈春望〉四首：

花開不同賞，花落不同悲。欲問相思處，花開花落時。
攬草結同心，將以遺知音。春愁正斷絕，春鳥復哀吟。

〔註7〕〔唐〕薛濤，字洪度，長安人。乾元元年（758）生，卒於大和六年（832），
幼時隨父入蜀，父逝，淪爲樂妓，能詩善書，當時著名文人官吏如元稹、韋皋、
白居易、劉禹錫、王建等，與濤均有交往，常詩歌贈答。晚居浣花溪畔，創製
深紅色小箋以寫詩，人稱「薛濤箋」。

風花日將老，佳節獨渺渺。不結同心人，空結同心草。

那堪花滿枝，翻作相思淚。玉箸垂朝鏡，春風知不知？

四首詩由景牽情，層層深入，是一曲春思之哀歌。尤其「風花日將老，佳節獨渺渺」到「玉箸垂朝鏡，春風知不知」更顯現女子臨鏡而憂心年華容貌老去的心態。同時的李冶〔註8〕也有一首〈恩命詔入留別廣陵故人〉：

無才多病分龍鍾，不料虛名達九重。仰愧彈冠上華髮，多慚拂鏡理衰容。馳心北闕隨芳草，極目南山望舊峰。桂樹不能留野客，沙鷗出浦漫相逢。

年近半百的李冶說自己「龍鍾」，雖然亦有「望歸」之心，但對入宮之事而「愧」而「慚」的主因，卻是不滿意自己的「衰容」與「華髮」。可見中國文學擅長描摹少女、少婦的青春美貌，而很少涉及或幾乎完全否定中老年婦女的女性魅力，連女性自己創作時亦表達此憂慮心態。

與「才子佳人」平行的另一種婚姻程式──「老夫少妻」，也是一種膾炙人口的文學形象關係程式。而陳寅恪不同於「後世論者」，乃在於肯定柳如是不世出之文采風流，吸引了無數國士君子引為好逑，換句話說，實為男追女，而非女擇婿。雖然柳如是亦曾對人宣誓：

吾非才學如錢學士虞山者不嫁。

此可表現柳如是主動發出的求嫁訊息，但文中重點恐怕是強調：

虞山聞之，大喜過望，曰：「今天下有憐才如此女者乎？吾非能詩如柳是者不娶。」〔註9〕

更說明柳如是的「能詩」之文采，方為大眾矚目之焦點。

而吳江盛澤，雖然地屬邊陲，但從經濟、政治地位考量，並不輸於秦淮河畔，陳寅恪證云：

河東君本出於雲翾家，後來徙居松江，與幾社名士往還，聲名籍甚。雲翾所以歡迎之至歸家院，不僅可與盛澤諸名媛互相張大其豔幟，且更儗使之代其已主持其門戶也。(《柳如是別傳》，頁334)

〔註8〕〔唐〕李冶，字季蘭，烏程（今浙江吳興）人。姿容美麗，善彈琴，尤工詩，時與朱放、陸羽、劉長卿、皎然等交善。劉長卿稱其為「女中詩豪」。代宗大曆暮年被召入宮，因曾獻詩與叛將朱泚，被唐德宗處死。有《薛濤李冶集》行世。陸昶評其詩曰：「筆力矯亢，詞氣清灑，落落名士之風，不似出女人手，此其所以為女冠歟。」

〔註9〕見沈虯〈河東君傳〉。

這說明徐佛眼光：柳如是能大張豔幟，更是不作他想的接班人選！可見柳如是亦有管理者的領導風格。

> 明季黨社諸人中多文學名流。其與當時聲妓之關係，亦有類似於唐代者。金陵固可比於長安，但盛澤何以亦與西京相儗？其故蓋非政治，而實由經濟之關係有以致之。（《柳如是別傳》，頁 335）

盛澤的興起，是因「經濟」實力；柳如是能風靡文士，則因文采藝術：

> 然則當明之季年，吳江盛澤區區一隅之地，其聲妓風流之盛，幾可比擬於金陵板橋。夫金陵乃明之陪都，爲南方政治之中心，士大夫所集萃，秦淮曲院諸姬，文采藝術超絕一時，記載流傳，如余懷《板橋雜記》之類，即是例證。（《柳如是別傳》，頁 335）

錦心繡口的文采與耀眼奪目的絲品，織出了黨社與名姬的政治性愛情，更助成經濟的勃發：

> 吳江盛澤實爲東南最精絲織品製造市易之所，京省外國商賈往來集會之處。且其地復是明季黨社文人出產地，即江浙兩省交界重要之市鎮。吳江盛澤諸名姬，所以可比美於金陵秦淮者，殆由地方絲織品之經濟性，亦更因當日黨社名流之政治性，兩者有以相互助成之歟？（《柳如是別傳》，頁 336）

從「政治」與「經濟」的角度出發，一如臺灣這塊土地，從地理形勢看來位處邊陲，但從「經濟」、「政治」、「文化」上來看，又有不容忽視的位置。陳寅恪指出盛澤之所以能媲美金陵，實是另一卓見。今人李炳華〈南社人士論發展盛澤絲綢業〉一文，也說明了東南沿海地區是我國民族工業較爲發達的地區。指出這一地區也是南社活動比較活躍的地區。他披閱了一些五四時期江蘇吳江的歷史經濟資料，發現：

> 南社人士對當時的經濟問題是很關注的。他們就發展盛澤絲綢業的問題發表了大量的言論，研究的領域之廣、內涵之深，是不可低估的。〔註10〕

〔註10〕 李炳華，〈南社人士論發展盛澤絲綢業〉，《南社研究》(4)（中山大學出版社，1993 年 12 月），頁 78～89：「南社的創始人之一，東南大學教授陳去病也非常關心盛澤絲綢業的發展。一九二四年八月六日，他親赴盛澤旅外學生會，發表了長篇演講，論及發展盛澤絲綢業的問題。他提醒人們應看到日本蠶絲風靡西歐市場，占領中國內陸後提出盛澤「工商業應改良之點」，希望「盛澤要維持絲綢業的穩固，要發達絲綢業的產品」。這篇演講提出了不少振興

南社係清季由文人自願結合的革命文學團體，南社並非一個純粹的文學團體，其實際活動範圍早已逸出「東林、復社之志業」；在政治、軍事、新聞、外交、文化、宣傳，無所不包，絕非只是「詩文酬唱」。足見盛澤此地一直不墜其經濟與政治的重要性。故柳如是依豔幟於此，有其合理性，就不必強移於秦淮。此一觀點，今人多接受之，如陸拂明《蘭舟戀：秦淮八艷之一柳如是》的第一頁標題即是「盛澤才女」，而文鴻、李君合著的《獨立寒塘柳──柳如是傳》也定義「人生，從盛澤開始」〔註11〕，故本文的標題從善如彼，認定柳如是應為盛澤才女，發跡於此，揚名於彼──秦淮。而且，陳寅恪也肯定「吳江」是她形成「匹『婦』有責」的萌芽處：

> 南園之讌集，復是時事之座談會也。河東君之加入此集會，非如儒林外史之魯小姐以酷好八股文之故，與待應鄉會試諸人共習制科之業者。其所參預之課業，當為飲酒賦詩。其所發表之議論，自是放言無羈。然則河東君此時之同居南樓及同遊南園，不僅為臥子之女膩友，亦應認為幾社之女社員也。前引宋讓木〈秋塘曲‧序〉云：「坐有校書，新從吳江故相家，流落人間。凡所敘述，感慨激昂，絕不類閨房語。」可知河東君早歲性情言語，即已不同於尋常閨房少女。其所以如是者，殆萌芽於吳江故相之家。蓋河東君夙慧通文，周文岸身旁有關當時政治之聞見，自能窺知涯涘。繼經幾社名士之政論薰習，其平日天下興亡匹「婦」有責之觀念，因成熟於此時也。（《柳如是別傳》，頁288）

而南園讌集、幾社名士的政論，都讓柳如是的對政治局勢的看法更加成熟。

　　誠如前引鈕琇〈河東君〉所述，歸錢之後「河東君」之名始著，南明時，她隨錢謙益至南京。時至今日，秦淮河畔依然鑴有如是塑像（參見圖片頁35，

盛澤絲綢業的精闢觀點。徐蔚南〈民眾之覺醒〉（一九二五年八月一日《新盛澤報》）：「中國，今日在國際間的地位比殖民地還不如。……中國的權利被英美日法所控制，中國的人民被英美法日所宰割，……中國的確比殖民地還不如，中國是次殖民地。」這種危機感促使國內知識界益發關心振興盛澤絲綢業的問題，他們獻計獻策，目的都是為了「共挽（民族工業）未倒之狂瀾」。

〔註11〕以上改編小說在章節目次中標出「盛澤」地名者。其他如杜紅的《女中丈夫柳如是》在〈生小娉婷〉一章中，也持「生於浙江嘉興」，賣予「吳江盛澤歸家院」的徐媽媽；宋詞《亂世名姬‧柳如是》則提了「她在絲綢之鄉盛澤鎮小有名聲」（頁2）。

柳如是像 18），而盛產的雨花茶，盒上也存有其芳踪（參見圖片頁 29，柳如是像 11）茶香墨妙之餘，亦添如是秦淮之緣。

三、國士名姝情誼

秦淮河發源於蘇南低山丘陵，全長一百一十公里，流域面積二千六百平方公里，乃山西面的一條天然水系。秦淮河最早的名字叫「龍藏浦」，後稱「淮水」。唐以前未有「秦淮」之稱，但相傳秦始皇東巡會稽路過秣陵時，觀察南京地理形勢後，認爲該地有帝王之氣，於是派人鑿開「方山」，引淮水北流，以泄王氣，後人才稱淮水爲秦淮。其實，秦時所鑿之山乃是方山附近的「石壒山」，但秦淮河自遠古時代起，就是長江的重要支流。自唐朝詩人杜牧〈泊秦淮〉詩一出，秦淮河美名就傳揚天下。至明代，金陵又稱應天（南京），成爲王公貴族紙醉金迷的地方，明清之秦淮河，綺窗絲障，燈船之盛，甲於天下。樂聲燈影達十里，歌女花船戲濁波，畫船篙鼓，晝夜不絕。所謂「人生在世不遊秦淮河，空讀滿腹經綸枉少年」，可見此地是當年全天下人文薈萃之處，也是武林臥虎藏龍之地。

在眾多的南京人和外地人心目中，秦淮是古城金陵的起源，又是南京文化的搖籃。這裏素爲六朝煙月之區，金粉薈萃之所，更兼十代繁華之地，遊客雲集之處。衣冠文物，盛於江南；文采風流，海內聞名。因其得天獨厚的地域人文優勢，古往今來，星移斗轉，在這江南錦繡之邦，金陵風雅之藪，美稱十里珠簾的秦淮風光帶上，點綴著數不盡的名勝佳景，彙集著說不完的軼聞掌故；曾湧現了多少可歌可泣的人物，又留下了多少可記可述的史跡！時至今日，秦淮河畔仍有傳統盛世的繁華景況，是現代再創的燦爛地標；擁有各朝的風流名士擊節吟詠，更讓當代的藝文青年慷慨放歌！

從六朝到明清，名妓鍾情名士，成了古典青樓的一種文化傳統。晚明的「名妓」就如今日社會中的影藝「明星」一般，普遍受到社會大眾的注目，她們在社會上也有一定的影響力。這些古典「名妓」也像現代「明星」一般爲社會流行的帶動者，如〔明〕袁中道在〈書雪箏冊後〉中說：

> 陳姬字雪箏，少墮紅綫，色藝皆絕。都中時態新粧，多出其手，合度中節，士女皆效之。〔註12〕

〔註12〕 〔明〕袁中道，《珂雪齋集》卷二十一（錢伯城點校，《珂雪齋集》）（上海：古籍出版社，1989 年 1 月），頁 895。

而〔清〕余懷的《板橋雜記》中也提到：

> 南曲衣裳粧束，四方取以爲式，大約以淡雅樸素爲主，不以鮮華綺
> 麗爲工也。……衫之短長，袖之大小，隨時變易，見者謂是時世粧
> 也。〔註13〕

「時世粧」說明動見觀瞻的秦淮佳麗，珠光寶氣衣香鬢影，令人豔羨嫉妒，
供人評頭論足，惹人咋舌笑罵，但也引人抄襲模仿，對服飾文化厥功甚偉。
〔註14〕所以，今日的影藝「明星」也可說是當代的「大眾文化」所創造出
來的，而當時的秦淮「名姝」則是由「文人文化」塑造，今人王鴻泰指出：

> 明清間的「名妓」只是妓女中的少數，但她們的出現，在相當程度
> 上可以說：明中期以來所盛行的文人文化重新建構了妓女的「人
> 格」，而且提供了一個價值階梯，讓妓女們可以在一定的社會場域
> 中，追求其社會身分，肯定其社會價值。

> 背後則有大眾傳播媒體機制的運作，而明清間「名妓」的產生則可
> 謂建立於「文人文化」的基礎上，其背後則是城市社交活動與出版
> 機制交相作用的結果。〔註15〕

秦淮河畔的愛情故事、清詞麗句以及傑出的戲劇藝術，是同許多秦淮名妓的
芳名聯在一起的，天地之間的靈氣似乎全鍾情於秦淮河的女子了。確實，歷
史上的青樓女子少有能與明中葉後的秦淮名妓比美。而且她們的獨立人格，
最主要的表現在愛情上的相對自主。名士也認同和尊重名妓的獨立人格，龔
斌在《青樓文化與中國文學研究》指出：

> 名妓色藝雙絕，高雅脫俗，俠骨柔腸之統一的人格之美，爲名士尊
> 重、欣賞和傾倒。從前的文人多半以愛憐的心態偎紅倚翠，愛昵者
> 稱她們爲「卿卿」，調謔者稱她們爲「九尾野狐」，正人君子稱她們

〔註13〕〔清〕余懷，《板橋雜記》，收於王文濡編《香豔叢書精選本》（湖南：嶽麓書
社，1994 年 11 月），頁 38。

〔註14〕現代女性藝術學者陸蓉之給予柳如是的標籤是「社交名媛」，是名妓當中嫁得
好夫君，飛上枝頭作鳳凰的幸運兒，《臺灣（當代）女性藝術史》（臺北：藝
術家出版社，2002 年 6 月），頁 30：「這些傾國傾城，才貌雙全的佳人，應當
是今之所謂的「名女人」的鼻祖，故本文標題將她們稱爲「社交名媛」，而不
襲用『名妓』一詞。」

〔註15〕王鴻泰，〈青樓：中國文化的後花園〉，《當代》137 期，1999 年 1 月，頁 27
～28。

爲「風月賤人」。明中葉後的名士卻稱名妓爲「韻友」、「女弟」、「高
足」、「閨中良友」，鮮明地體現出對名妓人格的尊重態度。〔註16〕
在「韻友」、「女弟」之風，柳如是可以大膽聲稱：「我才非如學士者不嫁。」
她從周道登家又回到盛澤歸家院，成爲吳江地區的一代名妓，由於柳如是與
眾不同的氣質才華，當時有許多名士都願意與她交往。明末吳越一帶，人文
薈萃，文社林立，復社、幾社名流均集中於此，他們交相唱和，詠詩著文，
清議朝政。柳如是亦然：

扁舟一葉，放浪湖山間，與高才名輩相游處。〔註17〕

「扁舟一葉」的形象深植人心，如石楠《寒柳——柳如是傳》的封面即用此，
而剪紙、插畫宋詞《亂世名姬‧柳如是》，徐樂樂所繪亦多採之（參見圖片頁
66、67）。崇禎五年（1632），她與幾社名流、名噪詩壇的雲間派詩人宋徵輿、
李待問、陳子龍結識，而她與這些文士的認識，其實是透過一些類似「文藝
沙龍」的場合，如崇禎五年的十一月初七，是松江府名士陳眉公〔註18〕的七
十七歲壽辰。陳眉公只是一介布衣，他能讓江南名士、名媛咸集於佘山，主
要是他的聲望。二十八歲時，陳眉公就裂其儒冠，投呈郡長，從此歸隱山林，
嘯傲煙霞，結緣山水。他博聞強記、精通經史諸書，工詩善畫，不但名冠一
方，還有不少人千里迢迢慕名而來求文索畫。雖名爲「隱居」，家中卻高朋滿
座，賓客盈門。加上不少名門閨秀點綴其中，綠鬢紅顏、衣香鬢影，襯托著
這位鶴髮山人，成爲江浙一帶的盛事和佳話。陳眉公隱居的佘山，也就逐漸
成爲江南文化圈中的一景。每年的十一月初七，江南名士群集於此，飲酒賦
詩，品茗作畫，觀歌賞舞，踏雪尋梅。二十七年來，眉公的壽辰，已成爲一
處固定的文藝沙龍聚會點。（「沙龍」一詞可參後文〈伍、從青樓到紅樓〉之
論）

〔註16〕龔斌，《青樓文化與中國文學研究》（上海：漢語大詞典出版社，2001 年 12
月），頁 228。
〔註17〕〔清〕錢肇鰲，《質直談耳》卷七，《柳如之軼事》。
〔註18〕陳繼儒爲明末名傾朝野的著名「小品」作家。二十九歲謝去青襟，拒絕科考，
之後屢受徵召而拒絕入仕，《明史》將他列爲〈隱逸傳〉中，爲晚明「山人」
的代表。陳繼儒當時以讀書著述，名聞遐邇，他的聲名風靡一時，轟動江南，
造成一股競相仿效的流行風潮，可見其在野的地位。「山人」和「小品」作家
一直是過往學者對陳繼儒研究的焦點所在，但處於晚明政局內憂外患問題的交
迫，以他在野知識分子的角色及聲噪於當時、傾動朝野的影響力，如何承擔傳
統知識分子對社會國家的關懷？參看陳欣怡，《明末在野知識分子經世致用精
神之表現——以陳繼儒爲討論中心》，淡江大學中文研究所碩士論文，2002 年。

柳如是參與眉公壽會，與他們詩文酬唱，談論國事，「豪宕自負，有巾幗須眉之論。」（《靡蕪紀聞》沈虯〈河東君傳〉）「凡有敘述，感慨激昂，絕不類閨房語。」（宋徵璧《含眞堂詩稿》卷五〈秋塘曲〉）後來她與陳子龍相識，兩情相悅，志同道合。陳子龍是幾社的領袖，既有政治遠見，又擅長詩文，風流儒雅，爲人豪爽。兩人交往期間，柳如是更增長了政治視野和文學見解，尤其是天下興亡、民族存續大義的觀念使她的思想趨於成熟。無奈礙於子龍家庭的阻力，她並沒有與陳子龍長期交往下去〔註19〕。其後數年，她奔波於吳越之間，廣結名士，先後認識程嘉燧、唐時升、汪然明、李存我、謝三賓、錢謙益等人，崇禎十四年（1641）夏，柳如是嫁給比她年長近四十歲的錢謙益，成爲當時乃至四百年來一段爲人所津津樂道的新聞。

錢謙益被人譽爲「東南文宗」、「文壇盟主」，柳如是與之結合後，兩人賦詩唱和、談文論墨，倒也充滿情趣。但隨著清軍南下的馬蹄聲，他們的寧靜生活被打亂，特殊的時代反而促使柳如是成爲一位深明大義的愛國志士。

四、小結

綜上所論，柳如是與「秦淮八豔」一詞，應是就其生命歷程先後與秦淮地點有關而命名，並非就籍貫而稱，且以《板橋雜記》爲判，「秦淮八豔」之稱起源應不會太早，或許與《秦淮八豔圖詠》一書有關，後起可能性應是較大。至於「盛澤」一地，用意在於追根溯源柳如是才名養成躍起的關鍵時期，才造就了秦淮時期的柳如是名姝／名妓的身分。而本章較異於過往的研究，則是增添了社會經濟發展對一人身名的影響也是頗大的，眞所謂要生逢其世，也要地靈人傑！

〔註19〕杜紅的《女中丈夫柳如是》〈陳家侍妾〉一章，寫柳如是嫁爲子龍侍妾，不知何據？當爲臆語。

貳、青山裏的浪漫演出──改姓易裝

一、前言

「我見青山多嫵媚，料青山見我應如是。」這是〔宋〕辛棄疾〔賀新郎〕詞中的名句，柳如是在「楊愛」、「影憐」時，即已顯現此詞意旨，命名意圖在「如是」是更見彰顯。一系列的自我命名過程都可看出她在青樓舞榭中的本心──極想洗淨鉛華，回歸自然懷抱。正因「歸」心似箭，而幅巾弓鞋之飾，更是力圖嫁入錢門之裝。本章據此而展開論述如下。

二、自寄身世：改楊爲柳

柳如是最初的姓氏名字已經陳寅恪推測考證出來，解題之鑰乃：

> 明末人作詩詞，往往喜用本人或對方，或有關之他人姓氏，明著或暗藏於字句之中。斯殆當時之風氣如此，後來不甚多見者也。(《柳如是別傳》，頁 16）

高月娟在其碩士論文（東海大學，2001）中，爲明瞭其不同名號之使用時間，參酌《柳如是別傳》及張榮芳、王川〈柳如是別傳與中國古代姓氏制度〉一文（收錄於《柳如是別傳與國學研究》，頁 188～189）等資料製成表格，本文以此爲基礎，再略敘其出處：

使用時間	名、字、號等具體稱謂
崇禎六年以前	楊朝（字朝雲）、楊雲娟、阿雲
改雲娟之名以後	美人
崇禎六年以前（含六年）	楊恆雲

崇禎六年秋前後	楊影憐
崇禎八年夏以前	楊姬
崇禎九年	楊愛
最晚於崇禎十一年	楊隱雯（楊隱）
崇禎八年夏至十一年冬訪錢謙益前	柳是（字如是，號我聞居士）
崇禎八年夏至十四年六月	柳隱（字蘼蕪）
嫁錢謙益以前	嬋娟、雲娃
崇禎十四年嫁錢謙益以後	柳儒士、如君、河東君（簡稱君）、細君、如姬夫人、柳夫人、河東夫人

從表中約略可得出柳如是改姓易名的三階段：

一、本姓「楊」〔註1〕，名愛；字影憐〔註2〕。（之前或有朝雲〔註3〕、雲娟〔註4〕、阿雲、恆雲、嬋娟、雲娃、美人〔註5〕）

二、更姓：改楊為柳，名隱〔註6〕；字蘼蕪〔註7〕。（隱雯〔註8〕）

〔註1〕陳子龍〈秋潭曲〉自注云：「偕燕又、讓木、楊姬集西潭舟中作。」
王昶又引《尊鄉贅筆》：「柳如是初名楊影憐，流落北里，姿韻絕人，錢宗伯一見惑之，買為妾，號曰河東君。」
沈虬〈河東君傳〉：「我邑盛澤鎮有名妓徐佛者，……其婢楊愛，楊色美於徐，……余於舟中見之，聽其音，禾中人也。及長，豪宕自負，有巾幗鬚眉之論。易姓名為柳。」

〔註2〕至其又稱「影憐」者，當用李義山詩集上〈碧城〉三首之二「對影聞聲已可憐」之出處，此句「憐」字之意義，復與「愛」字有關也。（《柳如是別傳》，頁33）且憐者，愛也，如「我見猶憐」。

〔註3〕用王子安〈滕王閣詩〉「畫棟朝飛南浦雲」乃《楚辭‧九歌‧河伯》「送美人兮南浦」之出典，暗寓「朝雲」及「美人」之辭，以此兩者，皆河東君之字與號也。（《柳如是別傳》，頁173）

〔註4〕寅恪竊疑河東君最初之名實為「雲娟」二字。此二字乃江浙民間所常用之名，而不能登於大雅之堂者。當時文士乃取李杜詩句與「雲」二字相關之「美人」二字以代之，易俗為雅，於是河東君遂以「美人」著稱，不獨他人以此相呼，即河東君己身亦以此自號也。（《柳如是別傳》，頁27）「垂柳無人臨古渡，娟娟獨立寒塘路。」即指河東君而言。蓋其最初之名為雲娟也。（《柳如是別傳》，頁340）

〔註5〕謝氏此集多為河東君而作之篇什，而河東君以「美人」著稱，更可推知矣。（《柳如是別傳》，頁37）「謝氏此集」為謝三賓之《一笑堂集》，乃用李白詩「美人一笑千黃金」之典。

〔註6〕「九日作」詩有「菊影東籬欲變黃」句。「秋盡晚眺」及「詠晚菊」兩題，皆以菊為言。斯蓋河東君以陶淵明、李易安自比，亦即此時以「隱」為名之意也。（《柳如是別傳》，頁359）

三、易名「是」，字「如是」；號「河東君」。（之後或有柳儒士、如君、河東君（簡稱君）、細君、如姬夫人、柳夫人、河東夫人）

楊愛（字影憐）──柳隱（字蘼蕪）──柳如是（字如是，號河東君），從此一流程來考察，最大的變化應該是改楊爲柳，底下即探討「柳」之意象何以被引用，且在作品中屢屢採用以自況。

〔宋〕尤袤《全唐詩話》卷四記載：

> （韋）蟾廉問鄂州，罷，官僚祖餞，蟾曾書《文選》句云：「悲莫悲兮生別離，登山臨水送將歸。」以箋毫授賓從，請續其句。逡巡，有妓泫然起曰：「某不才，不敢染翰，欲口占兩句。」韋大驚，令隨念，云：「武昌無限新栽柳，不見楊花撲面飛。」坐客無不驚嘆。韋令唱作〈楊柳枝詞〉。

〔明〕楊慎的《升庵詩話》卷九中也記載此事，但卻附會到高駢身上，以柳自比的妙語佳句，亦稍作改動爲：「武昌無限新栽柳，不見楊花似雪飛。」這典故含有青樓賣笑女性的淒楚血淚，衍發出曲折動人的「人／柳」、「男／女」遭逢故事，柳色如煙，柳條漫漫，猶如親朋好友之間繾綣的柔情。《詩經·小雅·采薇》中「昔我往矣，楊柳依依」的名句，則把楊柳隨風搖蕩視作人們離別時依依不捨的心情，因而柳成了人們寄託離情別意的象徵。傳誦千古之餘，逐漸形成了折柳贈別的習俗。據《三輔黃圖》載：「灞橋在長安東，跨水作橋，漢人送客至此橋，折柳贈別。」自此「年年柳色，灞陵傷別」成爲文人一種相襲的意象，無論所送之客往東或西，正是離別之客、送行之人眼中不盡的愁恨。如唐代的王維〈送元二使安西〉詩中言：「渭城朝雨浥輕塵，客

〔註 7〕《本草綱目·草三·蘼蕪》提到「蘼蕪」，其莖葉靡弱而繁蕪，故以名之。其葉似當歸，其香似白芷，故有江蘺之名。蘼蕪葉子風乾可做香料，古人以爲蘼蕪可使婦人多子。柳如是以此爲號，或許可見其來自女性的深層焦慮。自《詩經》以降，即有許多篇章描繪婦女採擷車前子等治不孕的藥草，更可顯見傳宗接代的大任如何籠罩婦女的婚姻生活。

〔註 8〕寅恪疑是取《列女傳》貳〈陶答子妻〉所謂「南山有玄豹，霧雨七日而不下食者，何也？卻以澤其毛，而成文章也。故藏而遠害。」即《文選》貳柒〈謝玄暉〉〈之宣城出新林浦向板橋〉詩：「雖無玄豹姿，終隱南山霧。」之義，或者河東君取此二字爲名，乃在受松江郡守驅令出境之威脅時。（《柳如是別傳》，頁 34）另，周采泉探測柳如是雖曾爲周道登「薦枕」，還是「妾身未分明」。所以這段痛苦的童年，有難言之「隱」，到後來復姓時命名爲「隱」，具有深沉的「隱衷」，參見《柳如是雜論》，頁 12。

舍青青柳色新。勸君更進一杯酒，西出陽關無故人。」春風拂面，楊柳萬千條，柳絲隨風起舞，裊裊婷婷，別具風流。人們歷來愛柳、賞柳，自然不免詠柳。而賀知章的〈詠柳〉最爲傳神：「碧玉妝成一樹高，萬條垂下綠絲條。不知細葉誰裁出？二月春風似剪刀。」以文學眼光審視自然界的植物，不免將柳喻人喻物。只是起初並未局限於女性，在〔南朝宋〕劉義慶《世說新語‧容止》中記載：

> 有人嘆王恭形茂者，云「濯濯如春月柳」。〔註9〕

對柳的體認，與魏晉時代美學風潮走勢——作爲「人的發現」時代——差不多同步。當時，名士風流的品藻之風，還使人們注重從柳的外在意態中提取神韻。如《南史‧張緒傳》也記載了一個有趣的傳聞，在齊武帝時，有人獻蜀柳數株：

> 枝條甚長，狀若絲縷。時舊宮芳林苑始成，武帝以植於太昌靈和殿
> 前，常玩咨嗟，曰：「此楊柳風流可愛，似張緒當年時。」〔註10〕

可見當時柳的人格化——「王恭之貌」、「張緒之神」，對象常用於男性。就好比「佳人」在此時也往往被用來形容男性一樣。〔北魏〕胡太后追思自己那位漂亮的情人而作〈楊白花歌〉：

> 陽春二三月，楊柳齊作花。春風一夜入閨闥，楊花飄蕩落南家。含
> 情出戶腳無力，拾得楊花淚沾臆。

但以柳絮楊花喻美貌青年男子，這在唐宋詩詞中幾乎絕跡。〔清〕馮誥《玉谿生詩集箋注》卷三曾引程夢星評李商隱詩，也指出：

> 唐人言女子好以柳比之，如樂天之楊柳小蠻，昌黎之倩桃風柳，以
> 及〈章臺柳詞〉皆然。〔註11〕

敦煌曲子詞〈望江南〉就從女性角度自詠：「我是曲江臨池柳，者人折了那人攀。恩愛一時間。」如白居易有兩位女侍，樊素善歌、小蠻善舞，都被入詩歌詠道：「櫻桃樊素口，楊柳小蠻腰」，柳意象的充分女性化已被認同。陳寅恪先生精闢指出：

〔註9〕〔東晉〕王恭，美姿儀，時人形容他「濯濯如春月柳」。

〔註10〕〔南齊〕張緒，言語風雅俊逸，不慕名利，深得齊武帝敬重。武帝曾賞玩靈和殿前的楊柳，而以楊柳比之。

〔註11〕〔唐〕李商隱撰，〔清〕馮誥箋注，《玉谿生詩集箋註》（臺北：漢京文化事業有限公司，1983年11月），頁649。

柳因爲詩人春季題詠之物，但亦是河東君自寄其身世之感所在。故
後來竟以柳爲寓姓，殊非偶然也。（《柳如是別傳》，頁 244）

而且：

河東君後來易「楊」姓爲「柳」，「影憐」名爲「隱」。或即受李太白
詩之影響耶？（《柳如是別傳》，頁 101）

「李太白詩」爲樂府詩肆〈楊叛兒〉：「君歌楊叛兒，妾勸新豐酒。何許最
關人？鳥啼白門柳。鳥啼隱楊花，君醉留妾家。博山爐中沉香火，雙煙一
氣凌紫霞。」這首詩中「楊」、「柳」皆出現，且值得注意的是，前面表格
中「楊隱雯（楊隱）」的使用時間是「最晚於崇禎十一年」，對此現象，陳
寅恪也只說：

至河東君之改其本姓〔註12〕爲柳者，世皆知其用唐人許堯佐〈柳氏
傳〉「章臺柳」故實（參孟棨《本事詩・情感類》）。蓋「楊」與「柳」
相類，在文辭上固可通用也。（《柳如是別傳》，頁 32）

按戊寅，是崇禎十一年（1638），而子龍爲《戊寅草》作序已稱如是
爲柳子，最低限度可知從此時起，如是已易楊爲柳了。（《柳如是別
傳》，頁 340）

《戊寅草》諸作，迄於崇禎十一年晚秋。《湖上草》則爲崇禎十二年
之作品，更在《戊寅草》之後。據此可證河東君至遲在崇禎十一年
秋間，已改易姓名爲柳隱。（《柳如是別傳》，頁 340）

史學大師的慧眼卓識，早已洞察出柳文化對後世特定身分遭際中人的巨大
浸染作用。亦足證柳意象、柳文學形成的民族審美傳統與女性特定心態、
男女情愛間的有機聯繫。以柳自比，正表現出曾鍾情於、又受制於男性的
女性──主要是妓女，那種極微妙複雜的心理及相關的遭際，柳如是更是
如此。總之，女性自比於柳，往往並非自抒貶意和自暴自棄，而是含有歷
經人世滄桑，痛發閱世之嘆的意味，是對人生甘苦的回味總結，對人生現
實的一種正視。柳的文化蘊含之於青樓女子有一種令人百感交集的規律
性，王立、劉衛英指出：

〔註12〕周采泉則認爲錢謙益既成爲柳如是所欲委身的對象，定把自己的本姓告知牧
齋，故牧齋以其郡望稱之爲「河東君」，如果不是她的本姓，牧齋絕不會這樣
追本溯源的。參見《柳如是雜論》，頁 12。

> 如是之柳──以柳自名又時時讓主體爲之警醒，正視現實之中洋溢
> 著自尊自愛，直面人生的勇氣。同時，女性以「柳」自我比擬，本
> 身還離不開折柳者──男性文人，尤其是妓以「柳」自比，又隱含
> 著對眞摯與理想化了的愛情的企盼追求。〔註13〕

如是非但以柳自喻身世，更直接列爲其姓，可見獻身之誠。

　　至於「河東君」之稱：

> 牧翁〈有美一百韻〉，甚誇河東君，廣引柳姓世族故實。讀者似以爲
> 牧翁既稱柳如是爲河東君，因而賦詩，遂博徵柳姓典故，以資藻飾。
> 殊不知牧翁取柳姓郡望，號之爲河東君者，不過由表面言之耳。其
> 實牧翁於此名稱，兼暗寓《玉臺新詠》〈河東之水向東流〉一詩之意，
> 此名巧切河東君之身分，文人故作狡獪，其伎倆可喜復可畏也。(《柳
> 如是別傳》，頁 32）

最後，陳寅恪通書以「河東君」尊稱，是肯定其「殉夫」之果：

> 但終能歸死於錢氏，殺身以報牧齋國士之知，故稱河東君，以概括
> 一生始末，所以明其志，悲其遇，非偶然涉筆之便利也。(《柳如是
> 別傳》，頁 222）

因爲明白柳如是的志向，悲傷她的遭遇，柳如是「報牧齋國士之知」的行爲，
是陳寅恪對柳如是的最大肯定，禮贊再三，「士爲知己者死，女爲悅己者容」：

> 河東君以儒士而兼俠女，其殺身以殉牧齋。(《柳如是別傳》，頁 145）

甚至在三生因緣之外，提出河東君「三死」之說：

> 所謂三死者，第一死爲明南都傾覆，河東君勸牧齋死，而牧齋不能
> 死。第二死爲牧齋遭毓祺案，幾瀕於死，而河東君不久即從之而死
> 是也。(《柳如是別傳》，頁 899）

周法高則認爲：

> 至於稱她爲「河東君」，那是因爲「河東」是柳姓郡望的緣故，正如
> 柳宗元之稱柳河東一樣。〔註14〕

而且據此引申顧苓〈河東君傳〉說的「頗能制御宗伯，宗伯甚寵憚之。」所
以：

〔註13〕 王立、劉衛英，《紅豆：女性情愛文學的文化心理透視》（北京：人民文學出
　　　　版社，2002 年 10 月），頁 82。
〔註14〕 周法高，《柳如是事考》（臺北：作者自印本，1978 年 7 月），頁 27。

> 牧齋稱柳如是爲河東君，倒也和「河東獅吼」的成語偶合呢！牧齋
> 對柳如是的美貌、文才和辦事能力，眞是由愛生畏，因此柳不免跋
> 扈一點，牧齋有時不免在文章裏發點牢騷。〔註15〕

　　究竟柳之死是否「殉夫」呢？將在下章作一討論；而「發點牢騷」之語
恐怕只能聊備一格。本書則統一用「柳如是」一詞，回歸柳如是當初自我建
構所認定的姓與名：

> 此後河東君既心許於牧齋，自不應再以隱於章臺柳之「柳隱」爲稱，
> 而鈐此章也。又「我聞居士」之稱，即從佛典「如是我聞」而來。
> 據此亦可證知河東君未遇見牧齋之前，即以「我聞居士」與「柳如
> 是」連稱矣。（《柳如是別傳》，頁35）

她既已不用「隱」匿逃難、「隱」於風塵，而且採用辛棄疾「我見青山多嫵媚，
料青山見我應如是」，走向青山，開展她精采的另一人生。

三、創意演出：幅巾弓鞋

　　文學作品中已出現過「女狀元」、「女秀才」、「女博士」、「女進士」等人
物，如元雜劇無名氏之《女學士三勸後姚婆》、《女學士明講春秋》等。前者
本事不詳，後者演鄭忭軍役赴延安，使妻孟氏暨女投奔范希文（〔宋〕范仲淹，
989～1052）。范知孟氏深通經書，令其教女弟子等事。結果一箇封武狀元當
朝宰輔，一箇封女學士才德夫人。到了明代，徐渭（1521～1593）、何斌臣先
後撰有《女狀元》雜劇和傳奇各一。後者已佚，據說是將徐渭雜劇加以鋪演
而已。徐劇全名《女狀元辭凰得鳳》，係演五代前蜀（903～925）時期黃崇嘏
故事。劇中黃崇嘏自稱「生來錯習女兒工。論才學，好攀龍，管取挂名金榜
領諸公」、「我這般才學，若肯去應舉，可管情不落空，卻不唾手就有一個官
兒。」結果黃崇嘏得償夙願，而徐渭亦發出「世間好事屬何人？不在男兒在
女子！」的感嘆。

　　此外，凌濛初（1580～1644）《二刻拍案驚奇》中有〈同窗友認假作眞，
女秀才移花接木〉一回，演聞俊卿女扮男裝，到學堂讀書，考童生進學，做了
女秀才一事，而作者也慨嘆「世上誇稱女丈夫，不聞巾幗竟爲儒。朝廷若也開
科取，未必無人待價沽。」這些「女秀才」、「女狀元」的故事，雖則大部分出
於文人之杜撰，而且不排除可能含有「男性對弱不禁風的女性倒了胃口之後要

〔註15〕周法高，《柳如是事考》（臺北：作者自印本，1978年7月），頁27。

尋求新的刺激」以及「作爲遊戲」、「弄著玩」的成分，然而「女扮男裝」故事之出現，卻多少能反映出女性「希望自己能夠成爲男性」的心態。這種思想在清代文學作品中更見特出，「女扮男裝」的故事更是層出不窮。〔註16〕

裝扮自己也不再是爲了符合性別意識形態中的男性宰制觀點。柳如是以女子身分作書生打扮，男性驚嘆的目光與女性欽羨的眼波聚焦在她的身上，無疑地，這是一項新鮮而大膽的創意演出，不僅爭議性高，也成爲柳如是攀登人生舞臺的籌碼，她成功地變成新聞人物。今之學者臺大外文系教授張小虹曾指出：

> 身體可以做爲自由建構、解構的客體可是畫布，可是舞臺，可是意符，可是隱喻，可以表達衝突矛盾的意識形態，更可傳遞傳統規範約束的快感。〔註17〕

柳如是對於「傳統規範約束」，早有「放誕」之徑，《牧齋遺事》〈國初錄用耆舊〉條云：

> 河東君侍左右，好讀書，以資放誕。客有挾著述，願登龍門者，雜沓而至。錢或倦見客，即出與酬應。客當答拜者，則肩筍輿，代主人過訪於逆旅，竟日盤桓，牧翁殊不芥蒂。嘗曰，此吾高弟，亦良記室也。戲稱爲柳儒士。

在錢謙益倦於會客時，柳如是可以成爲分身，代爲見客，而且顯然在應對酬唱頗爲得體，因此錢不以爲忤，甚至高興稱爲「高弟」、「良記室」。所以陳寅恪指出：

> 然則河東君實可與男性名流同科也。至若「高僧」一目，表面觀之，似與河東君絕無關係，但河東君在未適牧翁之前，即已研治內典。所作詩文。如與汪然明《尺牘》第貳柒、貳玖兩通、〈初訪半野堂贈牧翁詩〉，即是例證。牧齋〈有美詩〉云：「閉門如入道，沉醉欲逃禪。」實非虛譽之語。……總而言之，河東君固不可謂之「高僧」，但就其平日所爲，超世俗，輕生死，兩端論之，亦未嘗不可以天竺維摩詰之月上，震旦龐居士靈照目之。蓋與「高僧」亦相去無幾矣。
>
> （《柳如是別傳》，頁382）

〔註16〕參見嚴明，《中國名妓藝術史》（臺北：文津出版社，1992年8月）。
〔註17〕張小虹，〈後現代的烈焰紅唇〉，《後現代／女人：權力、慾望與性別表演》（臺北：時報文化出版公司，1993年），頁15。

「與男性名流同科」是指柳如是感慨激昂，無閨房習氣。其與諸名士往來書札，皆自稱「弟」。又有「高僧」的行徑（彷彿昭示後來的下髮入道），更令人神往。而喜著男子服裝，陳寅恪如此提及：

> 一方面河東君往往以男性自命，如與汪然明《尺牘》之稱「弟」及
> 幅巾作男子服訪半野堂等，即是其例。另一方面，則河東君相與往
> 還之勝流，亦戲以男性之稱目之。如牧齋稱之爲「柳儒士」之例。（《柳
> 如是別傳》，頁 201）

其中的「幅巾」，是頗值得注意的表演「符碼」。明清時期的婦女，流行過一種「包頭」的風俗，其實即「絮巾」。追溯更早，漢魏時期的男女都流行以一種絲帶編成的頭巾，俗稱「綸巾」；甚至東漢名士郭林宗所創的躲雨「角巾」，也被時人仿傚。具體畫像從廣東佛山寺東漢墓出土的女俑、南京等地六朝墓出土的陶俑及唐〈虢國夫人遊春圖〉、敦煌莫高窟一三〇窟唐代壁畫上均可看到。這種絮巾的習俗歷久不衰，然而，頭巾本是庶民的服飾，在東漢以前，頭巾曾是「卑賤者」的代名，以區別戴冠的士人。如秦代稱庶民爲「黔首」，漢人稱僕隸爲「蒼頭」，均指頭上的頭巾而言。周汛、高春明在〈典雅的頭巾〉中指出：

> 及至東漢，頭巾的地位起了顯著變化，由普通的庶民服飾，一變爲
> 時麾的裝束，連身居要職的官吏也喜歡用頭巾來約髮。如晉人傅玄
> 的《傅子》所言：「漢末王公多委王服，以幅巾爲雅，是以袁紹、崔
> 豹之徒，雖爲將帥，皆著縑巾。」引起這種變化的原因有二：一是
> 統治者帶了頭。如西漢後期元帝劉奭，因額髮豐厚，怕被視爲無智
> 慧，故用幅巾包首。又如王莽，禿頭少髮，便在戴冠前紮上一塊頭
> 巾，以遮掩其禿頭。另一個原因是當時的士人不遵禮法，視戴冠爲
> 累贅，流風相煽，浸成習俗。南京西善橋出土的「竹林七賢」磚印
> 壁畫，共繪八人，其中一人散髮，三人梳髻，另外四人皆紮頭巾，
> 無一戴冠，就是一個明顯的例證。[註18]

柳如是所以選擇「幅巾」，莫非亦著眼能表現其「智慧」與「不遵禮法」之意？包括流傳的畫像（參見圖片頁19～38）也多以此標幟，如：

> 其「幅巾弓鞵，著男子服」者，不僅由於好奇標異，放誕風流之故。
> 蓋亦由當時社會風俗之拘限，若竟以女子之裝束往謁，或爲候補宰相

〔註18〕周汛、高春明，《中國歷代婦女裝飾》（上海：學林出版社，1997 年 10 月 1 版
3 刷），頁 110。

之當關所拒絕，有以致之也。其所以雖著男子之「幅巾」，而仍露女子
之「弓鞋」者，殆因當時風尚，女子以大足爲奇醜。故意表示其非蒲
松齡《聊齋誌異》所謂「蓮船盈尺」之狀耶？（《柳如是別傳》，頁 454）
另外，值得關心的是其「弓鞋」，弓鞋本指彎底之鞋，後泛指纏足婦女所穿的
小鞋子，這種鞋子有四大特點：一爲小，二爲尖，三爲彎，四爲高。而柳如
是自矜其足之纖小：

> 至於令當時良工爲之製作弓鞋底版。由此觀之，固覺可笑，但舊日
> 風習，纖足乃美人不可缺少之主要條件，亦不必苛責深怪。河東君
> 初訪半野堂，雖戴幅巾及男子服，然仍露其纖足者，蓋欲藉是表現
> 此特殊優美之點也。（《柳如是別傳》，頁 275）

或許「纖足」是另一種情欲象徵，如古之小腳、今之高跟鞋〔註 19〕，在對女
性身體的觀望中，佔了很大的份量，女性也強烈地自覺到金蓮之爲物的誘人
所在。而柳如是，彷彿借用了陳寅恪的眼睛，將自己的一雙小腳看成情欲征
逐場上的利器，這種展露金蓮的策略，也無往不利地達到預先設定的目的。
但可惜的是，「鞋」在柳如是流傳的畫像中，彷彿是缺席者。對照柳如是像一
至二一，即便是坐像（參見圖片頁 33）也並未著墨「弓鞋」。

　　易代之際士人所表現出的對明代衣冠的鍾愛，固然有政治意味，亦有文
化感情的積蓄爲背景。《明史》卷 282〈周蕙傳〉，記周氏：

> 還居泰州之小泉，幅巾深衣，動必由禮。州人多化之……。

在撰寫者的理解中，其人的服飾語言與行爲語言，均參與助成了其「化民成
俗」的大事業〔註 20〕。如錢謙益的狀寫書生風度，每每成爲文化懷念的表達。
如記諸生（諱思問字汝祥）：

> 攝衣冠之學宮，緩步閭巷，風諷諷出縫紝間。（〈和州魯氏先塋神道
> 碑銘〉，《牧齋有學集》〔註 21〕，卷 35，頁 345）

〔註 19〕 以男性眼光，鞋跟就是女人的性感指數，它的致命吸引力甚至等同回眸一笑。
　　　　 在女性身體的接受觀點，足蹬 14cm 的超高跟鞋，享受的是當超級名模的快
　　　　 感，振作了女人沉睡的性感，讓全身的曲線馬上凹凸有致；10cm 則可免除走
　　　　 鋼絲般的恐懼，創造更妖嬌的風格；5～7cm 是最受歡迎、最安全的美麗高度；
　　　　 0～2cm 則像纖足行進間寫下的散文詩，精雕細琢出好品味、無壓力的優雅。
　　　　 見張玉貞，〈今夏，妳是幾公分美女〉，《中國時報》，2003 年 5 月 20 日，生活
　　　　 副刊 E1 版。
〔註 20〕 趙園，《明清之際士大夫研究》（北京：北京大學出版社，2000 年 11 月），頁
　　　　 311。
〔註 21〕 錢謙益，《牧齋有學集》，上海商務印書館縮印康熙甲辰初刻本。

某公：

> 褒衣大帶，出于邑屋，有風肅然，如出衣袂中。(〈虞府君家傳〉，《牧
> 齋有學集》，卷37)

其所欣賞並懷念不已的，毋寧說是一種由衣冠所表達的寬裕悠然的意境、氣
象。錢氏追憶四十年前與程嘉燧（孟陽）的交往，那情景是：

> 山園蕭寂。私括藏門，二老幅巾憑几，摩挱古帖。(〈書張子石臨蘭
> 亭卷〉，《牧齋有學集》卷46，頁458)

在這幅圖畫裡，「幅巾」是構造意境不可或缺的，情調、風致也於焉可見。但
更令我們注意的是他所尊稱的「河東君」，不就是以「幅巾」之型造訪半野堂
嗎？況且文中還言明「今日紙窗孤坐，忽見子石所臨蘭亭卷，追憶四十年前」，
縱使寫作此詩的確切時間不定，但假設以最後八十三歲的年紀推算，生前所
寫所追憶的四十年前不過是四十三歲（若更早寫下此詩，則顯示更壯年的錢
謙益已透露對「幅巾」的欣賞），而柳如是初訪半野堂時，錢謙益已是五十九
歲，這種對「幅巾」的偏好，當有風聲可探，莫非這也是柳如是決定以此造
型「投其所好」，前往半野堂謁見乎？

四、小結

馮爾康在《清代人物傳記史料研究》一書中提到麟慶的《源雪姻緣圖記》
是圖文並茂的年譜型傳記，可以反映一個人比較完整的一生。而本文所論的
柳之造型以及所附圖片，雖然僅是表現柳如是局部活動的畫面，但作用就如
此書所呈現的「史料意義」：

其一、對歷史人物有個形象感。

其二、造像與有關文字結合，提供人物傳記新素材。

其三、像贊反映後人對像主的景仰和評價。〔註22〕

尤其第三項，柳如是的畫像題詠早已超過百人〔註23〕，真切的反映出「後
人對像主的景仰和評價」，不僅呈現了柳如是的片段活動，甚至也表現出後人
認知中的柳如是，具有極高的史料價值。

〔註22〕馮爾康，《清代人物傳記史料研究》（北京：商務印書館，2000年8月），頁568
～577。

〔註23〕可參看范景中《柳如是輯》下編卷一，頁139～200，共九十四人對柳如是畫
像有所題詠；再參佐筆者蒐集而成的〈附錄五：柳如是相關題詠目次（計258
人771首）〉。

參、青史上的才命相妨——愛情政治

一、前言

自古「紅顏命薄」、「天妒英才」是人們對於生命早夭者所給予的喟歎，柳如是在四十七歲時了結的生命，究竟是文學園林中植下的奇花異葩，抑或是留名青史的氣節俠女？這之中大有研究空間。本章首先處理她的文學創作與愛情婚姻的相關繫連，接著探討柳如是的死亡形式與政治關懷有否密切的關係。

二、才——婚前婚後：浮舟泛槎與愛情探尋／奉韻酬酢與一生志事

柳如是婚前的作品主要是《戊寅草》、《湖上草》、《尺牘》，婚後的主要作品收在《東山酬和集》，其餘散見《詩文補輯》。其「婚前」、「婚後」是按目前通行的異性戀婚姻制度來區分，但衡諸柳如是一生，以「楊陳情史」與「柳錢姻緣」做界限反而是較明確可行的分界，可解決實際年月的定義（崇禎十三年多居我聞室過歲，或十四年結褵於芙蓉舫）。筆者探討婚姻制度對柳如是創作生涯的影響，女子在婚前總是期待真正的愛情與建立婚姻關係，婚後卻常等待丈夫愛情的施捨與婚姻關係中的「名分」。觀看《東山酬和集》的首篇，詩題即為〈庚辰仲冬訪牧翁於半野堂奉贈長句〉，可證柳錢姻緣宜從一六四○年起，愛情證物亦為此書。

姑且不論作品主題內容的「質性」，就「量性」方面來考察，從〈附錄三〉的簡表中也可見其落差。因為作品總數統計：詩一百九十三首、詞三十三闋、

文三十八篇，《東山酬和集》僅有十八首詩，如再加上《詩文補輯》中的詩三十四首、詞二闋、文四篇，婚前婚後作品量比值爲詩 141：52；詞 31：2；文 34：4，十分懸殊。二十歲即有專著《戊寅草》面世的柳如是，顯然在二十三歲到死前四十七歲的婚後生活中，生命重心作了很大的轉移。陳寅恪解釋柳如是在婚後的創作量萎縮，是由於轉移心力，矢志投入反清復明的大業：

> 是後雖於《有學集》中，間附有其篇什，如〈和牧齋庚寅人日〉及〈贈黃若芷大家〉等詩外，別無所見。此固由牧齋逝世，河東君即以身殉，趙管夫婦及孫愛等不能收拾遺稿所致，但亦因河東君志在復明，意存韜晦。（《柳如是別傳》，頁 1033）

胡曉明〈關於《柳如是別傳》的撰述主旨與思想寓意〉[註1] 一文指出，持《柳如是別傳》是「復明運動史」這一說法的有王鐘翰、王永興、何修齡等人。這些人或是明清史研究的專家，或是陳寅恪先生的高足。他們對於《柳如是別傳》的重視，正標誌著對於《柳如是別傳》理解的深入。

一九八八年出版的有關陳寅恪的討論會論文集中，何修齡有《柳如是別傳》讀後的專論，而且可以算是第一篇系統評價《柳如是別傳》的專論，他的看法是：

> 從表面上看，全書以第四章《河東君過訪半野堂及其前後之關係》爲最長，占整個篇幅的五分之二，比第五章《復明運動》還多出將近一百頁。但根據作者在本書第一章《緣起》中所說的力求窺見錢柳在亡國之後的「孤懷遺恨」，以及珍惜引申其中「三戶亡秦之志，九章哀郢之亂」，可以說「第五章《復明運動》」實際上是全書主旨所在。

何修齡說關於復明運動，以往大家知道的只有其中個別的或少量的史實，個人或極少數民眾自發的反抗等局部活動，人們知道的還有各地規模不等的群眾起義，卻沒有明確意識並提出過。在清朝嚴酷統治下這種長期的、廣泛的、有組織的復明運動、民族抵抗運動的潛流，更不知道這種運動曾在「綢繆鼓瑟之小婦」推動下展開。所以，他推崇陳寅恪提煉出許多史實，發現許多「待發之覆」，並加以考證、研究，把隱藏得很深的歷史眞相揭示出來──「是一項全新的發掘和概括，一項重要的科學成果。」

〔註 1〕胡曉明，〈關於《柳如是別傳》的撰述主旨與思想寓意〉，《文藝理論研究》，1997 年 3 月，頁 25～31。

　　王永興拈出《柳如是別傳》中「然此文主旨在河東君一生志事」〔註2〕一句警策語，指出所謂河東君之「志事」，正是陳寅恪不斷提到的「三戶亡秦之志」，或曰「哀郢沉湘之旨、復楚報韓之心」。

　　柳如是雖堅持參加復明運動，而未能獲得成功。在這問題上，我們可以看到男女學者思考角度的不同，男性思維中，慣常是「國」大於「家」，「公領域」蓋過「私領域」，孫康宜則採另一種說法：

> 害怕結婚確是明清才女作品中的一大主題，因爲從她們的創作道路看來，婚姻常常成爲詩才的墳墓。平庸的主婦生活有可能削弱一個才女的性靈，正如寶玉所謂女兒結婚之後，由珍珠變成了魚眼睛。因此，以依戀和讚美的語調來歌詠早年在父母身邊的生活，就成了明清婦女詩詞中一個值得注意的問題。未嫁和嫁後是做爲兩個強烈對比的世界來看的──前者代表了理想的「女兒世界」，被描繪成一個女人一生中的伊甸園；後者則爲走向受苦受難的深淵，它意味著無拘無束的年代之結束，對親情的斷送，以及被捲入一個完全異己的環境中。〔註3〕

雖然，柳如是父母早已不存，柳如是的作品也沒有「以依戀和讚美的語調來歌詠早年在父母身邊的生活」，但「未嫁和嫁後是做爲兩個強烈對比的世界」似乎在柳如是的文學創作生涯與文學表現成績有所對應。

　　並且，柳如是所處的「易代之際」，亦是一個重要因素。陶淵明有「忽值山河改」的感嘆，對這種「易代之際」最戲劇性的衝突是人生過程陡然的轉折，人被迫重新選擇角色。明清之際，亡國後的士人首當其衝的尷尬處境是「殉明」或「降清」？苟活降清之後是「遺民」或「逸民」？王夫之等人以抵死不薙的姿態昭誓舊有身分的一貫性，保全自我氣節的同時，相對卻喪失縱身政治場域，施展禮樂抱負的可能。如錢謙益或許因爲蒙受違規的尷尬聲名，導致個人公眾（或歷史）形象的危機，但也多出了可以出將入相的施展機緣，有可能實現「道治天下」的聖業理想。暨南大學中文系教授王學玲認爲：

> 可見如何建構主體身分實在因人而異，願意將自我擺置在什麼樣的位置在易代之際更難一言蔽之。果眞有些人爲了改仕異族而負愧，

〔註2〕王永興，〈學習《柳如是別傳》的一點體會──柳如是的民族風節〉，《柳如是別傳與國學研究──紀念陳寅恪教授學術研討會論文集》（浙江：浙江人民出版社，1995 年 10 月），頁 30。

〔註3〕孫康宜，〈走向「男女雙性」的理想〉，《古典與現代的女性闡釋》（臺北：聯合文學，1998 年 4 月），頁 77。

但除此之外卻涵攝更多後人難以想見的複雜心境。更具體地説，改弦易轍的出處行徑固然難以忍受，勇往直前竟又不遇於時的理想掛空，節操疵瑕與壯志未酬的雙重打擊，恐怕是接納新朝者最爲難堪的際遇，而由此逼生的「悔愧」情緒也更爲糾結、強勁。〔註4〕

揆諸上文，錢謙益的處境列名於《清史列傳·貳臣傳》〔註5〕。似乎更逼近「改弦易轍的出處行徑固然難以忍受，勇往直前竟又不遇於時的理想掛空」，而柳如是既然從眾多國士名流中接受儒家文化的形塑，其認同的模範典型當然也是忠君愛國的仁人志士，如何看待此一行徑，下節論述。

三、命──世變家難：殉國／殉夫／殉寡

柳如是之死，〈遺囑〉中提及：

> 汝父死後，先是某某並無起頭，竟來面前大罵。某某還道我有銀，差遵王來逼迫。遵王、某某，皆是汝父極親切之人，竟是如此詐我。錢天章犯罪，是我勸汝父一力救出，今反先串張國賢，騙去官銀官契，獻與某某。當時原云諸事消釋，誰知又逼汝兄之田，獻與某某。賴我銀子，反開虛帳來逼我命，無一人念及汝父者。家人盡皆捉去，汝年紀幼小，不知我之苦處。手無三兩，立索三千金，逼得汝官與官人進退無門，可痛可恨也。我想汝兄妹兩人，必然性命不保。我來汝家二十五年，從不曾受人之氣，今竟當面凌辱，我不得不死。但我死之後，汝事兄嫂，如事父母。我之冤仇，如當同哥哥出頭露面，拜求汝父相知。我懇陰司，汝父絕不輕放一人。垂絕書示小姐。〔註6〕

《柳如是別傳》已指出〈遺囑〉中「某某」即錢朝鼎，「遵王」爲錢曾。從柳如是自言「我來汝家二十五年，從不曾受人之氣，今竟當面凌辱，我不得不死。」來看，這是族人逼死寡婦的悲劇，此事也散見諸書，如顧苓〈河東君小傳〉載：

> 五月二十四日，宗伯薨。族子錢曾等爲君求金，于六月二十八日自經死。宗伯子曰孫愛及壻趙管爲君訟冤，邑中士大夫謀爲君治喪葬。

〔註4〕王學玲，《明清之際辭賦書寫中的身分認同》，輔仁大學中文所博士論文，2002年1月，頁81～82。

〔註5〕張仲謀，〈患得患失，進退失據──論錢謙益〉，《中國歷史上的貳臣》（臺南：笙易有限公司文化事業部，2002年5月），頁232～258。

〔註6〕《虞陽說苑》甲編〈河東君殉家難事實〉。

徐芳〈柳夫人小傳〉：

> 宗伯生平善逋，晚歲多難，益就窶廔。嗣君孝廉某，故文弱，鄉里豪點，頗心易之。又嗛宗伯公牆宇孤峻，結侶伺釁。丙午某月，宗伯公即世。有眾驟起，以責逋爲口實，諜而女宗伯門，搪撞詬誶，極于觝辱。孝廉魂魄喪失，莫知所出。柳夫人於宗伯易簀日，已蓄殉意，至是泫然起曰：「我當之。」好語諸惡少：「尚書寧盡負若曹金。即負，固尚書事，無與諸兒女。身在，第少需之。」諸惡少聞柳夫人語，謂得所欲，鋒稍戢，然環如故。柳中夜刺血書訟牘，遣足詢邵邑告難，而自取縷帛結項，死尚書側。旦日邵邑得牘，又聞柳夫人死，遣隸四出，捕諸惡少，問殺人罪，皆雉竄兔脱，不敢復履界地。搆盡得釋。孝廉君德而哀之，爲用匹禮，與尚書公并殯某所。吳人士嘉其志烈，爭作詩誄美之，至累帙云。

鈕琇《觚賸·河東君》：

> 柳出廳事，婉以致辭，曰：「妾之貲盡矣，誠不足爲贈。期以明日，置酒合讌，其有所須，多寡惟命。府君之業故在，不我惜也。」眾始解散。是夕執豕烹羔，肆筵設席。申旦而群宗至，柳諭使列坐喪次，潛令健者闔其前扉，乃入室登榮木樓，若將持物以出者。逡巡久之，家人心訝，入視，則已投繯畢命。而大書於壁曰：「并力縛飲者，而後報官。」嗣君見之，與家人相向號慟。絈綷之屬，先一日預聚于室，隨出以盡縛凶黨，門閉無得脱者。須臾邑令至，窮治得實，繫凶於獄，以其事上聞，置之法。

天高皇帝遠，老百姓並不關心由那個王朝統治，人總要活下去，職場倫理中在乎的是選擇新主人抑或舊老闆。士大夫面對的是外面世界之事，而古代女子永遠面對著家中的男人，即使國難當頭，女人所感受的痛苦一般還是以「家難」的形式表現出來，往往是丈夫殉國之後，妻子前仆後繼，做了烈婦。所以，康正果說：

> 與其把她的自殺視爲殉國殉夫，還不如說是由於她失去了依賴和保護，很難再繼續生存下去。我們知道，錢謙益早已當了貳臣，以錢之失節爲恥的柳如是殉明乎？抑殉錢乎？〔註7〕

〔註7〕康正果，《風騷與豔情——中國古代詩詞的女性研究》（臺北：雲龍出版社，1991年2月），頁369。

「失去了依賴和保護」，或許是許多女人的感受，但之於柳如是，更多的可能是不甘受辱的「獨立之精神」。孫康宜認爲柳如是既是一個「女人」，當然免不了害怕守寡的生活：

> 我常常懷疑明清時期那麼多殉情的烈婦，是否都是在節烈觀念的支配下自殺的，我以爲她們更多的是由於害怕過守寡的生活，因爲做一個未亡人活下去，要比追隨亡夫死去更艱難。例如，錢謙益死後，柳如是自殺，那絕不是因爲殉情或殉夫，乃是因爲柳如是面對錢家的家族矛盾，難以繼續生存下去，才走自殺之途的。〔註8〕

言之似乎成理，但柳如是好不容易從青樓走進紅樓，成爲尙書夫人（討論可見後文〈從青樓到紅樓〉），依其心比天高的個性，實在只有往上，沒有往下之理，故陳寅恪《柳如是別傳》的幾段話頗値得留意：

> 至「醉客」則當是練川諸老，而「醒客」恐非河東君莫屬。蓋諸老此夕俱已心醉酒醉，獨河東君一人，則是「神仙賓客」之人間織女，大有三閭大夫「眾人皆醉我獨醒」之感。（《柳如是別傳》，頁189）

> 悲今念昔，情見乎詞，而河東君哀郢沉湘之旨，復楚報韓之心，亦可於此窺見矣。（《柳如是別傳》，頁384）

> 河東君謂「正恐弟仍是濯纓人耳。」此「濯纓人」之語，乃借用《楚辭・漁父》中，「漁父莞爾而笑，鼓枻而去。歌曰：滄浪之水清兮，可以濯吾纓」等句之意。蓋謂已身將如漁父「鼓枻而去」，即乘舟離西湖他往也。（《柳如是別傳》，頁389）

認同屈原，甚至願將生命結束的句點模式等同三閭大夫，這種自我投射是柳如是非常明顯的標誌，孫康宜也不得不承認這「與屈原相同」：

> 柳如是希望藉著自己的德行而樹立一個美名，所以屢次「修名」，我們儼然看見一個「女屈原」一方面懷芳抱潔，一方面上天下地、涉水登山地追求古代的賢者。那是一種「離騷型」的執著，眞切地反映出傳統儒家的修身與修名情結。〔註9〕

根據顧苓〈河東君傳〉的「頗能制御宗伯，宗伯甚寵憚之。」柳如是令錢謙益愛且敬畏的，除了文才之外，恐怕屈原式的質性也在其內吧！

〔註8〕孫康宜，〈走向「男女雙性」的理想〉，《古典與現代的女性闡釋》（臺北：聯合文學，1998年4月），頁79。

〔註9〕孫康宜，〈寡婦詩人的文學「聲音」〉，《古典與現代的女性闡釋》（臺北：聯合文學，1998年4月），頁78。

整個錢柳姻緣最大的衝突點就在這次「改朝換代」時的生死抉擇，天地不仁，死亡是常態，生存才是偶然，而所有求生的經驗，都不是可歌可泣的英雄事蹟，而是倚賴卑微的本能與少數人的善意，苟延殘喘活下來的錢謙益，面對的是「不肯含糊」的柳如是，她怎肯讓自己「武官死戰、文官死諫」〔註10〕的理念打折扣呢？畢竟屈原還能照自己的意志，為自己的生命做一場完美演出，負載著中國古代君臣倫理中愛國形象，化為時代的垂直落體，砰然落水，留給後世知識分子無限驚歎。誠如顧苓在《塔影園詩集》〈七夕客從虞山來夜話〉所敘：

> 拂水巖前水逆流，相從默默望神州，充塗帶甲棋千里，午夜含辛值九秋。對塵祇談無益事，置身長在最高樓，虎邱罷說生公法，頑石於今不點頭。

〔註10〕屈原式的理念：「武官死戰，文官死諫」參見《九十年代——羅懷臻劇作選》（上海：上海社會科學院出版社，2002 年 6 月），頁 235～236：

柳如是——（並不正面回答）牧齋，你知道今天是什麼日子？

錢謙益——什麼日子？

柳如是——乃是端午節，是屈大夫的沉江之日。

錢謙益——是啊，是啊，我竟一時忘了。

柳如是——（斟酒，奉上）來，牧齋，你我為屈大夫乾上一杯。

錢謙益——什麼時候了，夫人還有雅興飲酒？

柳如是——噯，端陽佳節，豈能無酒無詩？

錢謙益——什麼，夫人還要吟詩？

柳如是——牧齋，你看這一池新荷，開得正鮮，你我就以這池塘為題，賦詩憑弔屈大夫吧，你看可好？

錢謙益——（觀察地）如此，夫人先請吧。

柳如是——那我便搶先一步。

（吟詩）大夫秉節殉國殤，
從此五月祭端陽，
於今庭前一泓水，
應同昔日汨羅江。

錢謙益——（大驚）「應同昔日汨羅江」……這個……

柳如是——牧齋，輪到你了。

錢謙益——是，謙益且和夫人。

（吟詩）英雄不遇自沉江，
常使後人淚千行，
岸邊看客應援手，
莫教遺民哭忠良。

柳如是——「莫教遺民哭忠良」……哈哈……牧齋不愧大手筆，文章做得滴水不漏！

錢謙益——（拭汗）夫人哪裡又肯含糊？

詩中「水逆流」、「相從默默」、「午夜含辛」、「無『益』」、「罷說」、「不點頭」
等詞，是否說明了晚年的錢柳婚姻生活狀況，不言可喻。哀莫大於心死，薪
火不能相傳，理想不能施展，晚年的柳如是雖然陪同夫壻活了下來，只怕也
「生公罷說」。她心中仍想成爲一位深明大義的愛國志士，但礙於局勢，只能
隱忍不語。

西元一六四五年，清軍長驅直下南京，南明弘光小朝幾近滅亡，事前，
柳如是力勸錢謙益捨生取義，留名青史，錢謙益怕死不從：

> 牧齋先生與合肥龔芝麓公，俱爲前朝遺老。其遇國變也，芝麓將死
> 之，顧夫人力阻而止。牧齋則河東君勸之死，而不死。城國可傾，
> 佳人難得，蓋情深則義不能勝也。二公可謂深于情矣。及牧齋之歿
> 也，河東君死之。嗚呼！河東君其情深而義至者哉！〔註11〕

之後錢謙益雖編修《明史》，但當時投降清朝的南明臣僚眷屬都隨夫而行，柳
如是雖妥協不死，但卻身懷不忘故國之志，拒絕與錢謙益一起北上，繼續留
在南京。她喜歡談論政治軍事，更仰慕抗金英雄梁紅玉〔註12〕，在南京期間
對於政治局勢極大關注，暗中從事反清復明活動，後錢謙益受反清案株連，
被捕入獄，亦經柳如是多方奔走才得以脫身，錢謙益從此回到家鄉常熟，與
柳如是一起投入反清活動。

柳如是身處閨房，卻心懷天下，正如錢謙益〈後秋興八首〉之四中所寫：
「閨閣心懸海宇棋。」她把個人的命運與當時的反清活動緊密聯繫起來，以
實際行動響應和聲援鄭成功北伐（鄭氏曾拜錢氏爲師，其號「大木」即錢氏
所取）。明朝滅亡後，據守臺灣的鄭成功〔註13〕志在恢復明室，根據陳寅恪的
考證，錢謙益、柳如是暗中與鄭成功聯繫復明事宜，即有「通海」之嫌。這
也是陳氏最不同他人視錢謙益爲貳臣的力辯部分：

〔註11〕 鈕琇〈題顧云美河東君傳後〉，《臨野堂集》，康熙二十九年庚午至癸酉刊本，
卷八，第六頁。

〔註12〕 牧齋賦詩，以梁比柳者甚多。……可惜河東君固能爲梁紅玉，而牧齋則不足
比韓世忠。此乃人間之悲劇也。（《柳如是別傳》，頁1047）

〔註13〕 秦就，〈第二章羊山遇險，六〉《臺灣之父鄭成功》（臺北：實學社，2002年），
頁68～73，敘述鄭成功的恩師錢謙益和他的師母——女中丈夫柳如是，錢爲
避開清廷耳目，早將反清志士聯繫的工作全數轉給柳如是負責，黃宗羲〈思
舊錄〉和瞿式耜的〈報中興機會疏〉都提及此事。如果鄭成功可用「臺灣之
父」封號，背後幫助鄭成功之柳如是，亦可封之爲「臺灣之母」。

> 牧齋之降清，乃其一生污點。但亦由其素性怯懦，迫於事勢所使然。
> 若謂其必須始終心悅誠服，則甚不近情理。夫牧齋所踐之土，乃禹
> 貢九州相承之土，所茹之毛，非女眞八部所種之毛，館臣阿媚世主
> 之言，亦何可笑。（《柳如是別傳》，頁 1045）

錢謙益晚年作《西湖雜感》詩二十首，序中有「侮食相矜，左言若性」之句，
典出《文選》王元長〈三月三日曲水詩序〉，陳寅恪對此矛盾心理深表同情：

> 牧齋用此典以罵當日降清之老漢奸輩，雖己身亦不免在其中，然尚
> 肯明白言之，是天良猶存，殊可哀矣。（《柳如是別傳》，頁 1045）

鄭成功在蘇州的觀前街設有一家綢緞店，表面經商，暗中進行聯絡江南
義士的活動，錢、柳二人頻繁來往於常熟、蘇州之間，與鄭成功的海上來人
進行聯絡：

> 鄭氏之興起，雖由海盜，但其後即改爲經營中國南洋日本間之物產
> 貿易。蘇杭爲絲織品出產地，鄭氏之設有行店，自是當然之事。況
> 河東君以貴婦人之資格，以購買物品爲名，與綢緞店肆往來，暗作
> 通海之舉，可免爲外人所覺察也。（《柳如是別傳》，頁 1042）

另外，錢謙益在柳如是的勸說、鼓動下，利用自己的降臣身分作掩護，三次
去游說策反金華、松江提督馬進寶。永曆三年（1649），錢謙益在與永曆朝廷
進行聯繫的信中，已經提到「江浙提督天張祿、田雄、馬進寶、卜從善輩，
皆平昔關通秘約，各懷觀望。此眞爲楚則楚勝而爲漢則漢勝也。」在柳如是
一再鼓勵下，錢即於永曆四年（1650），又赴松江二次游說馬進寶，此時，馬
進寶的「反正」之心和觀望態度，終於使他作出了採取「中立」的承諾。這
就基本上解決了長江和海口重鎭的屏障，可以使鄭成功水師順利通過長江
口，爲繼續溯江西上開闢了道路。然而，南京一戰，鄭成功由於一時疏忽而
失利，馬進寶觀望未援，永曆帝死於昆明，直到永曆十五年（1661）鄭成功
收復臺灣，反清復明的事才告一段落。

四、小結

柳如是的民族氣節卻並未從此泯滅，她在紅豆山莊設了一個「望海樓」，
希望鄭成功的海上之師能復國去清，表達了她抗清復明的堅強意志與美好願
望（參見圖片頁 8 楷書楹聯墨跡一：題望海樓）：

> 日轂行天淪左界，地機激水卷東溟。

「日」爲帝王象徵，也代表著國家的命運，用一個「淪」字，隱隱道出了悲天憫人的沉痛呼籲。「左界」，出自謝莊〈月賦〉「斜漢左界」，「左界，東也」。自建州崛起，明室江山淪爲左界已非一日，柳如是只恨己身不能擇戈挽日，眼看著「日轂行天」！江山雖好，非我之土也！而樓名的「望海」主旨便在下聯展現，「地機」，即是「地軸」，秋水伊人，天涯望斷，望什麼呢？「激水卷東溟」是也！寄殷望於鄭成功的海師啊！

後來流傳的入道像三幀（參見圖片頁36～38，柳如是像19～21），顯示柳如是下髮入道爲康熙二年（1663）秋，正是緊接同一年夏天，鄭成功逝世不久，牧齋更爲如是下髮入道而賦七律二首〔註14〕。時間的巧合點（參見〈附錄四：柳如是年譜簡表〉）或可令我們再注意，柳如是的政治關懷始終如一，行徑也一致，前述之家難若與此相聯想，亦可能因其暗中資助反清復明而告無米之炊，她哀嘆「不知我之苦處。手無三兩，立索三千金，逼得汝官與官人進退無門，可痛可恨也。」那麼族人逼死就不再只是一位寡婦，而是一位身繫鄭成功大業的氣節俠女。也許有人爲別於陳寅恪之手眼，反將柳視爲一個「女人」，欲單純化她的死，但依其生命徑路的方向而言，雖非殉錢，卻與殉明有若干關係，走到人生的最高處，亢龍要悔，恐也「進退無門」了！

〔註14〕錢謙益〈又病榻消寒雜詠四十六首〉其三十五、三十六，《有學集註詩》卷十四，頁33：「一剪金刀繡佛前，裏將紅淚洒諸天，三條裁製蓮花服，數畝誅鋤稑稬田。朝日妝鉛眉正嫵，高樓點粉額猶鮮，橫陳嚼蠟君能曉，已過三冬枯木禪。」二首爲河東君入道而作。「鸚鵡疏窗畫語長，又教雙燕話雕梁，雨交澧浦何曾濕，風認巫山別有香。初著染衣身體澀，乍抛綰髮頂門涼，縈煙飛絮三眠柳，颺盡春來未斷腸。」關於此詩的討論，可參見嚴志雄，〈牢籠世界蓮花裏──錢謙益〈病榻消寒詩〉初探〉，發表於中興大學，第四屆「通俗與雅正──文學與宗教研討會」，2003年3月14～15日。他指出：「相對而言，錢氏寫柳氏削髮入道，雖雜用佛典意象，究其實，純爲綺語。雖說就眾生「性欲」，方便說法，綺語參禪，亦有傳統，但此二章言下之意或暗示柳氏於性事未能滿足（或棄絕）而入道，字面則儷詞綺語（如『朝日妝鉛眉正嫵，高樓點粉額猶鮮』、『雨交澧浦何曾濕，風認巫山別有香。』），渲染未免過甚，勸百而諷一。（雖然，男性老年，亦害氣喘咳嗽之疾臥榻，其性欲流動的情況，或可提供此二詩另一種解讀的方向。）總而言之，錢氏於柳氏入道之際，未見心生歡喜，喜得法侶。愛欲癡慕，依然是錢氏此二詩情感的深層結構。」（參見《第四屆通俗與雅正文學全國學術研討會論文集》（臺中：國立中興大學中國文學系2005年12月），頁539。

中編：「我聞居士」論述
——以常熟地區的文化記憶爲中心

肆、污名化與美其名──「闡釋」柳如是

一、前言

　　前三章討論柳如是如何從「青樓」走向「青山」，留名「青史」。本章第一節則論述現實世界中的墓地維修，爭議頗大，究其因，乃其「出身」，亦是柳如是如何從「污名」到「去污名」，乃至於「聖名化」的過程與無奈。第二節說明陳寅恪先生晚年對於「紅妝的關注，或源於生命中曾交往、交心的多位女性，陳氏對其生命中曾予助援的女子，好似化爲柳如是的一部分，彷彿陳寅恪不僅是在書寫柳如是，柳如是一生也在書寫陳寅恪。

二、美貌神話尤物論──錢柳墓塋昭示的人格距離

　　「尤物」一詞，本指絕色美女。在傳統父權思考下，常含有貶斥或令人垂涎欲以淫弄之意。《說文解字》：「尤，異也。從乙，又聲。」《左傳·昭公二十八年》：「夫有尤物，足以移人；苟德義，則必有禍。」〔唐〕陳鴻〈長恨歌傳〉：「意者不但感其事，亦欲懲尤物，窒亂階，垂於將來者也。」〔唐〕元稹〈鶯鶯傳〉中，張生在拋棄鶯鶯之際，還藉口託詞說：「大凡天之所命尤物也，不妖其身，必妖於人。使崔氏子遇合富貴，秉寵嬌，不爲雲，不爲雨，爲蛟，爲螭，吾不知其所變化矣。昔殷之辛，周之幽，據百萬之國，其勢甚厚，然而一女子敗之。潰其眾，屠其身，至今爲天下僇笑。予之德不足以勝妖孽，是用忍情。」眾聽友甚至「皆爲深歎」，肯定這種文過飾非的「忍情」之說。到了〔清〕孔尚任《桃花扇·卻奩》齣云：「還是世兄（侯朝宗）有福，

消此尤物（李香君）。」顯然眞的是男性觀點下創造出來的消費思維。〔清〕楊伯峻注：「尤物，特指美之女。」而對於柳如是在當時的種種行徑，先看《婦人集》〔註1〕如何觀看：

> 人目河東君，風流放誕，是永豐坊底物。

生前就以「風流放誕」被視爲「物」的柳如是，死後就變成了「厲鬼」，見〔清〕袁枚（1716～1797）《子不語》卷十六中的〈柳如是爲厲〉：

> 蘇州昭文縣署，爲前明錢尚書宅。東廂三間，因柳如是縊死此處，歷任封閉不開。乾隆庚子，直隸王公某蒞任，家口多，內屋少，開此房居妾某氏。二婢作伴。又居一妾于西廂，老嫗作伴。未三鼓，聞西廂老嫗喊救命聲，王公奔往，妾已不在床上。尋至床後，其人眼傷額碎，赤身流血，觳觫而泣云：「我臥不吹燈。方就枕，便一陣陰風，吹開帳幔，遍體作噤。有梳高髻，披大紅襖者，揭帳招我，隨挽我髮，強我起，我大懼，急逃至帳後。眼目爲衣架觸傷，老嫗聞我喊聲，隨即奔至，鬼纔饒放我，走窗外去。」合署大駭，慮東廂之妾，新娶膽小，亦不往告。次日至午，東廂竟不開門。啓入，則一姬二婢，俱用一條長帶，相連縊死矣。於是王公乃命封鎖此房，後無他異。或謂柳氏爲尚書殉節，死於正命，不應爲厲。按《金史·蒲察琦傳》，琦爲御史，將死崔立之難，遒家別母。母方晝寢，忽驚而醒。琦問阿母何爲？母曰：「適夢三人潛伏梁間，故驚醒。」琦跪曰：「梁上人乃鬼也，兒欲殉節，意在懸梁，故彼鬼在上相候，母所見者即是也。」旋即縊死。可見忠義之鬼，用引路替代，亦所不免。

頗能看出時人對柳如是死後的看法仍圍繞在「殉節」上——「死於正命，不應爲厲。」但也著墨於她是一位「女性吊死鬼」，半夜會來討替代之人，仍舊又敬又懼。

錢謙益死於康熙三年，一個月零三天後，錢氏宗族勢力爲了遺產，要脅蜂擁，柳如是不堪侮辱，登樓自縊而死。錢泳《履園叢話》〈東澗老人墓〉條云：

> 虞山錢受翁，才名滿天下，而欠惟一死，遂至罵名千載，乃不及柳夫人削髮投繯，忠於受翁也。嘉慶二十三年間，錢塘陳伯雲爲常熟令，訪得柳夫人墓在拂水岩下，爲清理立石，而受翁之冢即在其西

〔註1〕陳維崧撰、冒襄注《婦人集》，道光十年顧氏刊《賜硯堂叢書》本，頁3。

偏，竟無人為之表者。第聞受翁之生已絕，墓亦荒廢。余為集刻蘇
文忠書曰「東澗老人墓」五字碣，立於墓前。」〔註2〕

錢墓在當時即「無人為之表者」，令人慨歎良多，而民國年間的《骨董瑣記》
〈錢蒙叟〉條云：

常熟寶岩寺西三里許，曰劉神濱。再西三里，曰虎濱。兩濱適中曰界
河沿，又曰花園濱，錢牧齋墓在焉。有碣題「東澗老人墓」五字，集
東坡書，字徑五六寸。嘉慶中族所立，本宗久絕矣。河東君墓即在左
近。其拂水山莊，今為藏海寺。距劍門不遠，有古柏一銀杏二，尚存。

山谷在〈常熟的遺忘〉一文〔註3〕中提到參訪柳如是墓（參見圖片頁18）的經
歷：

今秋九月，我專程去常熟訪問翁同龢故居，然後驅車去虞山腳下踏
看其墓園，在回返城裡的公路邊，陪同的《常熟日報》文藝部的俞
小紅先生，邀我順道看一看河東君墓。柏油公路右側路基下的田塍
旁，一叢低矮的灌木林中有一堆不經指點看不出來的凸起的小土
丘，小紅先生說這是錢牧齋的墓，我們踩著犁翻不久的黃土堆走到
前面，才看到一堆鐫著「東澗老人墓」字樣的石碑，非常不起眼地
立在野草蔓蔓之中，匆匆間也沒細看是不是集的蘇東坡的字體。幾
十米外，同樣的水平方位是河東君的土墳，同樣的為雜草雜樹所掩
蓋，荒涼淒清，幾不可辨。附近只有倏忽而過的黑色公路，沉寂而
又坦蕩得讓人看不清盡頭，沒有其他任何建築，不消說藏海寺、古
柏、銀杏，除了虞山的風光，附近連棵像樣的大樹也無從入眼，真
是個荒廢日久了。

為什麼「幾不可辨」、「無從入眼」、「荒廢日久」？他認為：

錢謙益、柳如是兩人生前同床，死後卻沒有葬在一起，其間相距甚
遠，錢氏宗族視柳如是為青樓女子，不把她當作錢家人看待，這大
約是錢和柳生前所絕對沒有想到的。他們墓塋的距離對於無知無覺
的當事人來說，沒有任何意義，對於認知的活著的人來講，卻昭示
著一種人格上的距離。死不毗連，究竟是幸還是不幸呢？

〔註2〕錢泳，《履園叢話》，道光刊本，卷二十四，頁6。轉引自周書田、范景中輯校
《柳如是事輯》，頁127。

〔註3〕收入林石選編《虞美人——女性的古典》（廣東：花城出版社，2001年3月2
刷），頁143～152。

這種「人格上的距離」一直衝擊著後人的思考，造成話題。今之紅樓夢學者劉夢溪在〈「桃花得氣美人中」──虞山訪柳如是墓〉一文〔註 4〕則更細膩帶領讀者一同進入錢柳的墓址：

> 在常熟西門外約五公里處的虞山腳下，驅車前往，轉瞬即達。牧齋的墓踞東，羅城內三起封土，左面的是牧齋、中為其父錢世揚、右為子上安及孫錦城。原建於嘉慶年間，有墓道、拜臺、石坊等，後被毀。錢泳題寫的「東澗老人之墓」石碑尚存，立於封土的後面。另一碑鐫「錢牧齋先生墓」，不知何人所題。柳墓踞西，和錢墓一樣，四周圍以層層翠柏，且有羅城，封土比錢墓還要高一些。封土和羅城的泥石都很新，應是近期填砌。我們來到墓地的時候，工人還在修建羅城入口外面的甬道，維護甚為精心。

所以，劉夢溪說：

> 看得出今人的尊崇，柳大大超過了錢。

可是官方版的政府措施卻是：

> 一九五七年錢柳之墓被列為省級文物保護單位，一九八二年調整為縣級，並由常熟縣人民政府立石公布。

不知道官方後來的降級是出於何種考慮？《柳如是別傳》出版於一九八〇年，也許江蘇政府單位沒有看到。但劉夢溪認為：

> 按現在的政策，對錢柳民族大節方面的表現區以別之，至少河東君的級別不應降下來，無論如何應恢復到省級，如果升為中央一級尚存有某種（比如出身、職業之類）顧慮的話。

值得思考的是這種「出身、職業」的考量，一直如影隨形。就像陳寅恪早已提及：

> 夫河東君以曠代難逢之奇女子，得適牧齋，受其寵遇，同於嫡配。
> 然卒為錢氏宗人如遵王之流，逼迫自殺。其主因實由出身寒賤一端，
> 有以致之。（《柳如是別傳》，頁 594）

柳如是生前的形象總不離「飛上枝頭」之譏，就如當時王澐的〈虞山竹枝詞〉已有「蘼蕪山下故人多」之嘲，近人黃裳也認為：「錢柳的結合，不是基於愛情。」因為錢謙益符合「東林領袖、文壇祭酒、大地主、大官僚」的快婿標準：

〔註 4〕《文匯讀書周報》第 5 版。2000 年 7 月 1 日。

柳如是的親訪半野堂，做了調查研究，決定下嫁給這個老頭兒。這
個小女人是很有野心和才幹的政治活動家。〔註5〕

就算被視爲有心機的擇壻，錢柳的結合，都被鄉民投以磚頭、瓦塊：

雲間縉紳，譁然攻討，以爲褻朝廷之名器，傷士大夫之體統，幾不
免老拳。滿船載瓦礫而歸。〔註6〕

辛巳初夏，結褵於芙蓉舫中。簫鼓遏雲，麝蘭襲岸，齊牢合卺，九
十其儀。於是三泖薦紳喧焉騰議，至有輕薄之子，擲磚彩鷁，投礫
香車者。〔註7〕

另外，王應奎〈服御類優〉條更記載：

阮大鋮循師江上，衣素蟒，圍碧玉，見者詫爲梨園裝束。某尚書家
姬，冠插雉羽、戎服，騎入國門，如昭君出塞狀。大兵大禮，而變
爲倡優排演場。苟非國之將亡，亦焉得有此舉動哉？〔註8〕

對「梨園裝束」表示艷詫，甚至喝叱，認爲是亡國的象徵，更可見諸夏完淳
的〈南都雜志〉條：

阮圓海誓師江上，衣素蟒，圍碧玉，見者叱爲梨園裝束。錢謙益家
妓爲妻者柳隱，冠插雉羽，戎服騎入國門，如演明妃出塞狀。大兵
大禮，皆倡優俳戲之場，欲國之不亡，安可得哉？〔註9〕

抱以更嚴苛的批判的記載，則有方濬師的〈柳如是戴雉尾冠〉，對此事言：

福王僭位南都，起錢謙益、陳子壯、黃道周各禮部尚書。謙益之起
也，以家妓妻者柳是自隨，冠插雉羽，戎服騎入國門，如昭君出塞
狀。嗚呼！廉恥道喪，至於斯極，欲不亡，得乎？予有〈詠拂水山
莊〉句云：「兩朝青史千秋恨，一箇紅妝萬事空。」〔註10〕

「欲國之不亡，安可得哉？」、「廉恥道喪，至於斯極，欲不亡，得乎？」將
明亡之因歸於柳，這也太欲加之罪，何患無辭？再看林時對的憤慨之言：

〔註5〕黃裳，《黃裳散文》（浙江：文藝出版社，1988 年 5 月），頁 232。

〔註6〕沈虬，〈河東君傳〉。

〔註7〕鈕琇，〈河東君〉。

〔註8〕王應奎，〈服御類優〉，《柳南續筆》卷一，頁 18。轉引自周法高所輯《柳如是
有關資料》，頁 110。

〔註9〕夏完淳，〈南都雜志〉，《續幸存錄》，轉引自周書田、范景中輯校《柳如是事輯》，
頁 93。

〔註10〕方濬師，〈柳如是戴雉尾冠〉，《蕉軒隨錄·續續》（盛冬鈴點校）（北京：中華
書局，1995 年 2 月 1 版，1999 年 12 月 2 刷）。

錢謙益，吳門輕薄兒，文章華贍，人皆宗之。冒居清流，高自標置，聲譽翕赫，顧不修行簡。放浪名教，娶柳姬爲室。貪淫縱恣，人傳其採戰之法，穢褻不忍道。雅好延攬，海內知名士，無不受其牢籠。余獨不服，同年陸鯤庭、萬允康，每讓余云：「兄何故不師虞山。」余應之曰：「凡北面人宗，欲有所取法耳。安有大君子不衷法服，對客衣紅紫？兄不見施絳紗帳，前授生徒，後列女樂，人品何如？」兩君未以爲然，惟錢忠介希聲，從妻東歸，與余握手稱同心。蓋官吳者，咸執贄，而錢獨倔強也。今鯤庭允康，皆全節以死，安得啓九京而問之？

南都不守，謙益爲禮部尚書，當先與梁雲攜帶兵清宮，方迎王入，又出示令民薙髮，望風納款，希圖進用。燕京重其名，謂必殉國，見降表，深鄙之，斥逐而回。牢落無聊，乃復爲侘傺不平之語，掉頭反顧。當謙益往北，柳氏與人通姦，子憤之，鳴官究懲。及歸，怒罵其子，不容相見。謂國破君亡，士大夫尚不能全節，乃以不能守身責一女子耶？此言可謂平而恕矣。于是江南有老亡八、小亡八之謠。老謂謙益嬖柳影，小則陳于鼎溺韻珠云。謙益又纂輯本朝實錄，都付絳雲樓一炬。亦天意不欲留此穢史與？〔註11〕

從「吳門輕薄兒」到「穢史」，全篇皆爲錢謙益的負面記載，雖然「平而恕」的是對柳如是「士大夫尚不能全節，乃以不能守身責一女子耶？」也可看出對其青樓出身的不信任感。

連錢謙益寫給柳如是的長詩，被魏雪竇等所編選的《吳越詩選》選錄，但另列一卷爲「豔體詩」。朱鶴齡說：「是一越友選時賢詩，嗤薄豔體，另爲一編。」即指此事，這都可以說明錢柳結合，甚至死後墓地的維修，在當時當地或當事人──錢氏族人，引起的興議，無非是尤物禍人之觀念作祟。

青樓妓女賣身與賣藝，乃命運與職業使然，與人格高下畢竟無關，但宋轅文、陳子龍、錢謙益的妻妾及其家族，都用「妓女」這一點大作文章，對柳如是加以污名化。西元二○○三年臺灣社會媒體用戰爭敘事來形容疾病，包括要大家「對抗、戰勝 SARS」，醫護人員也是到「第一線作戰」，所有的病患、疑似感染癥狀、醫療院所、醫療污染品也連帶變成要拒收、抗議、排除的對象，病患的生死問題已非關注焦點，反而是社會道德譴責聲浪大於一切。然

〔註11〕 林時對，《荷閘叢談》卷三，頁 19。

而，SARS 終究只是病，沒有名不名譽的問題，只是在陳述、描寫疾病的過程中，意義被添加了。就像天花、AIDS、肝炎、肺結核、精神病、躁鬱症、憂鬱症等，一樣都只是病，卻在不同的時代被賦予不同的社會意義。這些無謂的社會意義添加，一方面讓病患背負沉重的自我否定，另一方面也顯示出我們社會如何轉嫁自我的恐懼到這些少數的受害他者。相對的，我們需要的是對感染者的寬容與同情，而非指控為「污染源」，畢竟當事人也絕不願如此，正如柳如是對她自己的出身，也無從選擇。

三、形象魅力紅妝頌——陳寅恪晚年生命的奇女子

回顧莊周筆下最美的藝術形象，恐怕得推那位「肌膚若冰雪，綽約若處子」的藐姑射神人。這位神人源出《山海經》，能「戢機應物」，根據時世的不同，化為堯舜、化為湯武，而莊周卻以「處子」的形象使其出場，塑造至玉清冰清、近乎瑩澈的地步。與此相映成趣的是同時期的楚大夫屈原，在《楚辭》中開創了芳草美人的比興傳統。莊、屈並觀，便能發現這種對婦女形象至美的構想，並非純個人的創造，而是代表著一種由來已久的文化傳統，這傳統是如此地悠久綿長，影響深遠，以至於從〈洛神賦〉直到近世的《柳如是別傳》，文學作品中的女性形象真是數不勝數。我們也常看到情勝於理，最後突破作者原初意圖的有趣現象，例如陳鴻的〈長恨歌傳〉，心中顯然先存「女禍論」的意念；到了白居易作〈長恨歌〉首句是「漢皇重色思傾國」，而隨著李、楊愛情故事的展開，詩中處處體現對真情至美的哀婉禮贊，「梨花一枝春帶雨」，詩人最終將對那輝煌的盛唐時代的追憶，濃縮在這位升仙登蓬萊山上俯視莽莽人寰的太真仙子身上。從中我們可以感受到中國古典文學中對女性作聖潔化描繪傳統的心理機制，明清之際的性靈思潮，強調童心，獨抒自我，方才又有專寫釵盒情緣，而幾近泯除尤物禍人之論的洪昇《長生殿》出現。

至於完成於一九五四至一九六四年之間的《柳如是別傳》，則是一部以近代所見的百科全書派學者的視野與氣勢，來研究中國十七、十八世紀之「天崩地解」、「民族大悲劇」時代的巨製。作為一部傑出的史著，它與當代世界心智史、心態史、婦女史等新史學有同步的發展。在行文體裁上，這種寫法是宋代《容齋隨筆》以來以及明清考據家以來考證史實的寫法，即引錄一組組原始資料而加上考語、案語，讀者撫卷閱讀之時，宜隨時將一組史料構成一幅圖畫，提升為一組觀念。

但縱觀陳寅恪的學術歷程，總不免會生出疑問，爲何陳寅恪晚年願意改放心志在女人身上呢？微觀歷史，也發覺書名從《錢柳因緣箋證》——「他」的故事到《柳如是別傳》——「她」的故事，必有深意（參見附錄一〈陳寅恪之「別傳」體新探〉）。畢竟《柳如是別傳》用了大量篇幅對於柳如是的情史與生活史進行了極爲詳盡的爬梳考證，陳寅恪爲何要花這麼大的功夫來細辨河東君艱難處世、擇婿人海、爲爭取婚姻幸福而奮爭的過程呢？或許夫人唐篔，以及冼玉清、黃萱兩位女性的先後出現，讓學術生涯逼近最燦爛著述高峰期的陳寅恪有了精神上的慰藉。陸鍵東認爲後兩位女性：

> 在陳寅恪晚年的生涯中先後出現了。很難說南粵的風土人情影響了陳寅恪什麼，但陳寅恪在晚年兩部最重要的著作（《論再生緣》、《柳如是別傳》）中所表現出來的更重感情、筆端時常流露細膩的情感痕跡，也即在文史方面多了許多「文」的傾向，與他一貫的治史風格是略有變化的。〔註12〕

學界早已熟知夫人唐篔、得力助手黃萱，所以較不足爲奇，但冼玉清呢？這麼重要的一名女子，尤其可說是陳寅恪晚年生命中的奇女子，不能不先簡介與陳之交游事蹟。

陳三立對冼玉清的評語爲「澹雅疏朗，秀骨亭亭，不假雕飾，自饒機趣。」陳三立爲陳寅恪之父，早年以晚清「四公子」之一聞名，晚歲以詩文著稱，有「吏部詩文滿海內」之譽，他相當激賞這位女詩人，親筆爲冼玉清的書齋「碧琅玕館」題寫一匾。冼玉清視此匾爲畢生珍藏，無論遷居何處，總是高懸於居所正中。二十多年後，在一九五六年的舊曆正月初一，陳寅恪贈與冼玉清一副由他撰寫、唐篔手書的春聯，聯云「春風桃李紅爭放，仙館琅玕碧換新」。此聯一直被認爲是陳寅恪心情舒暢之作，但更深一層的典故則知之者甚少。冼玉清出生於一八九五年，比陳寅恪小五歲，卻有幸成爲陳氏父子兩代之高誼友朋。陳氏父子在近世中國堪稱一代詩家與一代史家，兩代人先後爲一人題匾寫聯，如此異性知音：

> 陳寅恪與冼玉清的交往，在陳寅恪晚年的生命中，已超出了一般新知舊雨的友情，具有一種固有文化並不因時代的善變而迷失的相互尋覓、互爲鼓勵的精神。在劇變的社會裡，其志節因得以固守帶來

〔註12〕 陸鍵東，《陳寅恪的最後貳拾年》（北京：生活·讀書·新知三聯書店，1995年12月1版1刷，1996年7月1版3刷），頁42。

對生存的肯定，從而引起交往雙方精神上的歡愉。這一點，對晚年
陳寅恪很重要。〔註13〕

洗玉清一生著述甚豐，光是有關嶺南文獻研究的著述便達數十種（篇），有影
響者就有《廣東女子藝文考》、《廣東鑒藏家考》、《廣東叢帖敘錄》、《廣東文
獻叢談》、《梁廷枏著述錄要》、《招子庸研究》、《陳白沙碧玉考》等等。而因
各種原因尚未公開刊行的著述稿本更有《廣東藝文志題解》、《廣東釋教道教
撰述考》、《近代廣東文鈔》等。最可嘆息的是，洗玉清無兒女無繼承者，其
收藏、學術研究等等，在洗氏身後多年無人作系統整理，一代奇女子生前創
下的文化財富，漸被歲月湮沒，教人寧不嘆「天欲滅汝耶！」她任教於嶺南
中文系，經常活躍於陳家，與陳寅恪有共鳴的生命思想互動，甚至有一回洗
玉清被人檢舉時常往香港送情報。自傷為「孤零女子」的洗玉清被迫寫「坦
白書」。好事者這才知道洗玉清有一筆遺產在香港。原來洗玉清立志終身不嫁
之後，其父憐其孤苦，送了一筆財產，讓其老來有所依。洗每月定期赴港，
是去香港銀行簽收利息。「送情報」一事自然是子虛烏有，但這事對碧琅玕館
主的打擊實在太大。

　　某日，洗玉清上陳家，含淚對陳寅恪訴說「人心之涼薄」，陳寅恪聞
　　言默然無語。〔註14〕

這樣的「默然無語」，其實也是陳寅恪晚年處於政治風暴中唯一能選擇的生命
防護手段，但勃然欲求出口的生命力在找尋發洩的當刻，只能轉而將心力投
注在學術著作中。而且陳寅恪暮年以「野老」自喻，受杜甫與蘇東坡的影響
很深。中年時杜甫便有興亡感慨甚深的一詩〈哀江南〉，第一句即為「少陵野
老吞聲哭」。蘇東坡晚歲屢次遭貶被逐，亦以「野老」自稱。當新即位的天子
「詔元祐謫貶者量移內郡居住」，遠在天涯海角的蘇東坡聞此消息而吟下「野
老已歌豐歲語，除書欲放逐臣回；殘年飽飯東坡老，一壑能專萬事灰。」等
詩句時，蘇東坡的生命亦只餘一年多一點的時間了。所以：

　　陳寅恪以「野老」自喻一聯，心思莫測。〔註15〕

〔註13〕　陸鍵東，《陳寅恪的最後貳拾年》（北京：生活・讀書・新知三聯書店，1995
　　　　　年12月1版1刷，1996年7月1版3刷），頁47。
〔註14〕　同前書，頁152。
〔註15〕　同前書，頁192。

治史風格改變，導致陳寅恪鍾情於陳端生、柳如是等女子，而且，《柳如是別傳》雖頌紅妝，也不無為錢謙益洗刷貳臣之嫌的心理，或許其中亦涵藏有為自己晚年思想行止辯駁之寄託，也可見生命氣質與世局變遷對歷史學家的影響。

又，陳寅恪的生命氣質偏於憂鬱、感傷與多愁，在其一生中明顯有一條連線──陸鍵東指出陳寅恪「雖年在童幼，然亦有所感觸，因欲縱觀所未見之書，以釋幽憂之思」（《柳如是別傳》頁 2～3），在《柳如是別傳》之〈緣起〉一文中，不足一萬字的抒懷，「早歲」、「少時」等字眼已反覆出現出多，留下了「少年情懷」於人生終極影響的痕跡：

> 故而至中歲，偶購得「錢氏故園中紅豆一粒，因有箋釋錢柳因緣詩
> 之意，迄今二十年」。到晚年，「重讀錢（謙益）集，不假藉以溫舊
> 夢，寄遐思，亦欲自驗所學之深淺」。所謂「遐思」者，陳寅恪實已
> 說出晚歲自己治史的一大特點：雙目失明後，歷史學家更偏重用心
> 靈、用情感去研治歷史。〔註16〕

鴻學碩儒在如虛似真的文學天地中紓解其鬱積的情思。尤其當他們身處逆境之時，更自然而然地在才美與麗質之間引起聯想，產生共鳴，於是表裏澄澈，帶有精神淨化意味的女性形象，便成了中國古典文學中的一項引人注目的傳統，文學作品中的女性形象更形成了一股綿延不盡的題材，可供大家題之詠之，甚至毀之謗之，或感時抒情，或借古諷今。

四、小結

陳寅恪對生命中曾交往、交心的多位女性（可參見陸鍵東《陳寅恪的最後貳拾年》，尚包括助理、醫護人員等），不是只有愛戀，而是多一分感謝，所以「雙目失明後，歷史學家更偏重用心靈、用情感去研治歷史。」而讀者反應是一種接受美學，「尤物」究竟是自然生成創造的美貌，抑或被人為因素創造的神話？柳如是是書寫歷史的名女人，抑或被書寫的歷史名女人？試看陳寅恪筆下的柳如是，卻透露極奇詭怪的意義：

> 夫河東君以妙齡之交際名花，來游嘉定。其特垂青眼於此窮老之山
> 人，必非有所眷戀，自不待言。（《柳如是別傳》，頁 174）

〔註16〕 陸鍵東，《陳寅恪的最後貳拾年》（北京：生活・讀書・新知三聯書店，1995
年 12 月 1 版 1 刷，1996 年 7 月 1 版 3 刷），頁 138。

據此可知河東君往往於歌筵綺席，議論風生，四座驚歎。故吾人今日猶可想見是夕杞園之宴，程唐李張諸人，對如花之美女，聽說劍之雄詞，心已醉而身欲死矣。（《柳如是別傳》，頁178）

牧齋之禪力，固不能當河東力之魔力，孟陽之禪力，恐亦較其老友所差無幾。（《柳如是別傳》，頁179）

然臥子以於崇禎十二年春為河東君而賦之〈上巳行〉云：「垂柳無人臨古渡，娟娟獨立寒塘路。」則已改變其五年前之觀念。夫女子之能獨立如河東君，實當日所罕見。臥子與河東君交誼摯篤，而得知此特性，何太晚乎？（《柳如是別傳》，頁188）

孟陽詩「貯得瑤華桃李時，尋花捨此欲何之」者，意謂此時正貯得豔如桃李，絕代名花之河東君，更何必往他處尋花乎？（《柳如是別傳》，頁216）

河東君崇禎九年丙子，年十九，素不畏冷，衝寒郊遊至於日暮，本不足異。獨怪李程二老忍寒冒險，不惜殘年，真足令人欽服。更可笑者，河東君夙有「美人」之稱，「美人」與「嬋娟」二字有關，前第貳章已詳論之。松圓此詩中第伍句「煙花徑裏嬋娟入」，實指美人，即河東君，殊非泛語。寅恪忽憶幼時所誦孟東野〈偶作〉詩（見《全唐詩》第陸函〈孟郊〉貳。）云：「利劍不可近，美人不可親。利劍近傷手，美人近傷身。道險不在廣，十步能摧輪。情愛不在多，一夕能傷神。」（《柳如是別傳》，頁217）

若牧齋之言可信，則「歸心禪說」之老人，窮力盡氣，不憚煩勞，一至於此。河東君可謂具有破禪敗道之魔力者矣。（《柳如是別傳》，頁228～229）

此為牧齋垂死之作，猶不能忘情於崇禎十三年冬河東君初訪半野堂時，餞別程松圓之讌會。據是可以想見河東君每值華筵綺席，必有一番精彩之表演，能令坐客目迷心醉。蓋河東君能歌舞，善諧謔，況復豪於飲，酒酣之後，更可增益其風流放誕之致。（《柳如是別傳》，頁268）

「錯莫翻如許，追陪果有焉。」一聯，恰能寫出河東君初至半野堂時，牧齋喜出望外，忙亂逢迎之景象。（《柳如是別傳》，頁606）

充分點出「傾國傾城色」之美人，不是「多愁多病身」或具禪力的牧齋等男老頭所能抵擋的。柳如是陪伴牧齋走完人生之路，亦何嘗不也陪伴晚年的陳寅恪，走過老邁失明的歲月，陳氏對其生命中曾予助援的女子，好似化爲柳如是的一部分，也帶給他欣喜，彷彿不僅是陳寅恪在書寫柳如是，柳如是之靈也在書寫陳寅恪，豈不弔詭！

蔡鴻生、孫康宜等人則從女性史的角度提出《柳如是別傳》的宗旨乃在於陳寅恪先生晚年對於「紅妝」的關注，從著《論再生緣》到《柳如是別傳》，正是一種自覺的治學旨趣的選擇。但是同樣是「女性史」，其中又有不同的強調重心。胡曉明指出：

1. 蔡鴻生更爲看重的是女性悲劇史以及女性中蘊藏的英雄氣質。悲劇史是表明「紅妝」的歷史中往往含有人性與社會的衝突、理想與時代的衝突，「胭脂淚中凝聚著民族魂」。陳寅恪早年對於崔鶯鶯的研究，對於秦婦的研究，以及對於琵琶婦的研究，都是這個意義上的同一系列探索。不同的只是《柳如是別傳》是對於「天下興亡匹婦有責」的一曲贊歌。「俠氣、才氣和骨氣，在柳如是身上，可說是三者合一」，「奇女志與遺民心的結合」，使本書成爲可歌可泣的女性史頌。

2. 孫康宜的重點在於從十六世紀中國文學史上女性文學的崛起與成熟這一背景看問題，認爲這本書中經過陳寅恪深入細心的掘發所呈示出來的陳柳詩詞情緣，是晚明情觀新變所促發的一場文化變革的一種結晶。柳如是所代表的歌妓文學傳統與名士文學傳統的融合，所達到的極深細優美的情感世界，是該書最爲精彩的成就。

3. 姜伯勤也認爲《柳如是別傳》的這一特點與國際史學界對於婦女史的關注是同步發生的，是通過一系列女性形象的研究，來闡發思想超越的理想人物。

4. 余英時也強調了在陳寅恪的心目中紅妝女性的政治與美學意義，是與男性世界形成相當大的區別的，這裏有陳寅恪的現實關懷。〔註17〕

〔註17〕 胡曉明，〈關於《柳如是別傳》的撰述主旨與思想寓意〉，《文藝理論研究》，1997年3月，頁25～31。

總之，「頌紅妝的女性史」這一說法包容了「復明運動」說，既注重具有性別特徵化的情感世界一面，又重視女性意義中呈顯出的精神價值與政治道德意義一面，凸顯了陳寅恪自己所聲稱的「著書唯剩頌紅妝」的學術新變的意義。

伍、從青樓到紅樓──實者虛之的柳如是

一、前言

　　本章命名，取其兩意，一為柳如是身分地位的多變，從婢 ─ 妾 ─ 妓 ─ 名妓 ─ 名姝 ─ 夫人，直揭青樓女子至紅樓夫人之個人奮鬥力爭的曲折進路；二為柳如是以一名妓留香史上，並化為《聊齋》狐女、《紅樓夢》中眾姊妹的身影，繼續唱和人生。文分二部分，首先探討柳如是在絳雲樓的文藝活動，以及我聞室落成之意義。再者就文學家「實者虛之」、史學家「虛者實之」來考察「虛構」與「紀實」之間的關係。以往認為文學作品的人物形象是虛構出來的，但《聊齋》中妍質清言、風流放誕之狐女和《紅樓夢》中的釵、黛、熙鳳與晴雯，彷彿都是柳如是的「分身」，可說是真實的柳如是形象反映在後世虛構的文學創作中，影響既深且遠矣。

二、自己的房間：「我聞室」與「絳雲樓」

　　當日文宗勝流與江南名妓之婚姻關係，實可分為兩類，兩類之別，又以規矩禮法之輕重為關鍵。一類率性而行、漠視家族禮法如「一代龍門，風流教主」錢牧齋娶柳如是、號稱「江左三大家」之一的龔芝麓娶顧眉生、文士葛徵奇娶李因、許霞城與王修微、茅止生與楊宛叔為其代表。書生雅士的品行、氣節，或有廉懦高下之別，而風流任誕，蔑視禮法則如出一轍。他們對待風塵女子從不以出身低微而輕賤之，識見超邁於當日世俗之男女觀念，故其與江南佳麗之婚姻，遂得呈現超越時代之真愛。何況明代的青樓已非專指賣淫嫖娼之場所，而是談論詩詞書畫的雅集之地，頗類同時期歐洲文化指稱

的「沙龍」。〔註1〕

　　另一類婚姻則爲男方或椿萱在堂，禮法森嚴；或畏於物議，不敢僭越，此可以陳子龍、宋徵輿、冒襄爲代表。他們在外盡可縱酒狎妓，入室則不敢越雷池一步。據《清史列傳》，冒襄之父起宗嘗因「犯權貴忌，抑陷襄陽監軍，置必死地。襄走京師，泣血上書，乃得調寶慶，於是孝子之名聞天子。」孝爲儒家仁義之基，冒既以孝名，其於宗族禮法自當恪守，必不肯淆亂家中上下尊卑之序。納妾雖無違於禮，但當錢謙益親送董小宛至如皋時，冒氏仍本「不告不娶」之義，「倉促不敢告嚴君」。且置董小宛於別室四月，始由其荊人攜之入門。柳之榮耀與董之落寞，眞不可同日而語。

　　不過，從「過程」而言，柳如是歷練過陳子龍、宋徵輿的「處理」模式，由此觀之，晚明江南士人之狎妓納妾實在不可一概而論。再從「結果」論，柳如是嫁錢謙益、董小宛嫁冒襄、顧媚嫁龔鼎孳、卞敏嫁申紹芳等，皆屬得其所歸。而陳寅恪推原其故，指出明清之際這種國士名姝的情誼雖說是由於佳麗天資明慧，虛心向學所使然，但亦因其：

　　　　非閨房之閒處，無禮法之拘牽，遂得從容與一時名士往來，有以致
　　　　之也。（《柳如是別傳》，頁 75）

秦淮諸妓甚至對董小宛歸宿「群美之，群妒之」，「咸稱其俊識」〔註2〕。而詳察諸人在婚姻關係中之實際處境，相去殆不可以道里計。此點於國難當

〔註1〕沙龍（Salon），至少有四意：客廳、文藝空間、展覽、店鋪。最早 1664 年借自義大利文「Salone」，指的是王宮或豪門接待賓客的大廳。17 世紀上半葉，法國郎布耶侯爵夫人在厭倦法國宮廷粗魯的語言環境與惡劣的政治鬥爭之餘，決定在宅邸開設一個文化世外桃源，自此開創歐洲女性主導的沙龍文化。在距離廚房不遠的自家客廳建立與宮廷禮教、父權思維分庭抗禮的文化社交場域。憑著女性對文化藝術特有的靈敏善感，以及靈活處理衝突的本事，歐洲近代女性漸由私領域走進公領域，可見東西方藝文雅集的發展有異曲同工之妙。「文藝沙龍」在咖啡館尚未普及的時代，這裡既是唯一的藝文空間，亦是唯一的政治論壇，也是西方文化眞正的搖籃。隨後，被當成展示美術創作的空間。1750 年成了定期美展的代名詞，著名的有 1863 年「沙龍落選民」（Salon des refuses）。廿世紀甚至被廣泛使用到各式展覽，如汽車展、書展、電腦展等。1863 年起也被借用爲商業空間，如理髮店（Salon de coiffure 中文直譯爲「美髮沙龍」）、茶樓（Salon de tea）或美體小舖（Salon de beau-te）等。另可參看：斐蓮娜・封・德・海登林許（Verena von der Heyden-Rynsch）著，張志成譯，《沙龍——失落的文化搖籃》（臺北：左岸文化，2003 年）。

〔註2〕陶慕寧，〈從《影梅庵憶語》看晚明江南文人的婚姻愛情觀〉，收於張宏生編《明清文學與性別研究》（江蘇：江蘇古籍出版社，2002 年 10 月），頁 206。

頭、甲申乙酉之際表現尤著，也或許如此，柳如是才能獨占鰲頭，成爲媒體寵兒。

首先，考察其易楊爲柳，改名如是，結識錢謙益之前，生活如何？她致汪然明的《尺牘》中第五通中云：

今弟所汲汲者，止過於避跡一事，望先生速圖一靜地爲進退。最切！最感！

雖說身爲盛澤才女，但扁舟一葉的浮槎泛舟生涯，渴望擁有遮風避難的住所，必定爲柳如是最迫切的念頭，陳寅恪更考證出她之前曾寓居之所：

今可攷知者，在松江，則爲徐式靜之生生菴中南樓，或李舒草之橫雲山別墅。在嘉定，則爲張魯生之蒻園，或李長蘅家之檀園。在杭州，則爲汪然明之橫山書屋，或謝象三之燕子莊。在嘉興，則爲吳來之勻園。在蘇州，或曾與卞玉京同寓臨頓里之拙政園。（《柳如是別傳》，頁 571）

從上述地點的變遷，看得出柳如是舟車勞頓、輾轉流離，直到崇禎十三年訪半野堂，有魄力之錢謙益十天內在堂旁蓋了「我聞室」，繼之於堂後建了五層的「絳雲樓」，方結束柳如是浮槎泛宅之生涯。又，據葛萬里《清錢牧齋先生謙益年譜》「十六年癸未　六十二歲」載：

絳雲樓上梁。以詩代文。〈河東君傳〉云，築絳雲樓於半野堂之後。

仿李易安翻書賭茗故事。至廣陵與李懋明諸公謀國事。送李北上。

自記艱危執手。潸然流涕。是年瞿氏梓先生《初學集》成。〔註3〕

絳雲樓，其實不僅藏嬌，且爲藏書最豐富之寶地。錢謙益交遊滿天下，耗時多年，盡得劉子威、錢功父、楊五川、趙汝師四家書；自絳雲樓落成後，更求古本，以是所積，幾埒內府，大江以南，藏書之富，更無人能比。錢謙益曾自負地說：「我晚而貧，書則云富矣！」崇禎十六年（1643）冬季，絳雲樓建成，柳如是遷入。絳雲樓建於半野堂之後，雕梁畫棟，壯觀華麗，藏書豐富。錢謙益取〈眞誥〉絳雲仙姥下凡，故取名爲絳雲樓。沈虯〈河東君傳〉云：「建絳雲樓，窮極壯麗，上列圖史，下設帳帳，以絳雲仙姥比之。」又鈕琇《觚賸·河東君》也說：「柳歸虞山，宗伯目爲絳雲仙姥下絳。仙好樓居，乃枕峰依堞，於半野堂後構樓五楹，窮丹碧之麗，「扁曰『絳雲』」，均可想見其壯麗。

〔註3〕王雲五主編，葛萬里《清錢牧齋先生謙益年譜》（臺北：臺灣商務印書館，1981年4月），頁5。

　　錢謙益本爲文壇耆老，藏書自然可觀，而絳雲樓所收之書更是居江南之冠，除了書籍之外，更有許多罕見之珍寶充牣其中，顧苓〈河東君傳〉云：

> 爲築絳雲樓於半野堂之後。房櫳窈窕，綺疏青瑣。旁龕金石文字，宋刻書數萬卷。列三代秦漢尊彝環璧之屬，晉唐宋元以來法書，官哥定州宣成之瓷，端溪靈璧大理之石，宣德之銅，果園廠之髹斝器，充牣其中。君於是乎檢梳靚妝，湘簾棐几，煮沉水，鬥旗槍，寫青山，臨墨妙，考異訂，間以調謔，略如李易安在趙德卿家故事。

鈕琇《觚賸‧河東君》也對絳雲樓富麗堂皇的陳設及居江南之冠的藏書作類似的描述：

> 柳歸虞山，宗伯目爲絳雲仙姥下降。仙好樓居，乃枕峰依堞，於半野堂後構樓五楹，窮丹碧之麗，扁曰「絳雲」。大江以南，藏書之家，無富於錢。至是益購善本，加以汲古雕鐫，輿致其上，牙籤寶軸，參差充牣，其下鼲幃瓊寢，與柳日夕晤對。所云「爭先石鼎搜聯句，薄怒銀燈算劫棋」，蓋紀實也。宗伯吟披之好，晚齡益篤。圖史校讎，惟柳是問。每於畫眉餘暇，臨文有所討論，柳輒上樓翻閱。雖縹緗浮棟，而某書某卷，拈示尖纖，百不失一。或用事微有舛訛，隨亦辨正。

柳如是婚後常與錢謙益旁徵博引，以考異訂訛文史。順治六年（1649）錢柳兩人曾合力校讎《明實錄》及編撰《列朝詩集》。牧齋臨文，柳如是尋閱，柳氏常能在萬冊的書籍中迅速翻點，錢謙益用事用典如有訛誤，柳如是亦能一一辨正，所以頗受錢謙益之器重，由此可見柳如是文史涵養之深厚。沈虯〈河東君傳〉載：

> 絳雲樓校讎文史。牧齋臨文，有所檢勘，河東君尋閱，雖牙籤萬軸，而某冊某卷，立時翻點，百不失一。所用事或有舛誤，河東君頗爲辨正，故虞山甚重之。常衣儒服，飄巾大袖，間山與四方賓客談論，故虞山又呼爲柳儒士。

「柳儒士」之稱，亦可見柳如是受到錢謙益之器重。而在校讎臨文之暇，錢柳兩人亦詩作往來唱和、共賞名物古玩，頗有李易安與趙明誠之情調。在絳雲樓校對史書之外，此時期錢柳兩人及與諸友人如程嘉燧、林雲鳳等唱和往來之作，今可見於《東山酬和集》。

陳寅恪更指出：「牧齋平生有二尤物。一爲宋槧兩漢書，一爲河東君。」
（《柳如是別傳》，頁 416）兩者不能得兼時，則「以物易物」：

> 趙文敏家《漢書》，雖能經二十年之久「每日焚香禮拜」，然以築阿
> 雲金屋絳雲樓之故，不得不割愛鬻於情敵之謝三賓。未能以之殉葬，
> 自是恨事。至若河東君，則奪之謝三賓之手，「每日焚香禮拜」達二
> 十五年之久。身沒之後，終能使之感激殺身相殉。（《柳如是別傳》，
> 頁 416）

「物化」女體的行爲觀念是古人慣有的父權文化與男性中心思考模式，所以
陳寅恪認爲柳如是受到感動，最後是自殺殉錢。若以目前之女性主義觀念加
以檢討，恐怕就很遺憾這種男性的思維──「掌控」與「擁有」的霸王心態，
大至逐鹿中原的殺傷虜掠，一將功成萬骨枯，乃至於個人情感的歸屬都要用
戰利品的心態衡量，連陳寅恪討論程嘉燧〈絪雲詩〉詩也指出：

> 此次河東君留宿其家，實爲柳程兩人交誼之頂點。故以此事作〈絪
> 雲詩〉之總結。然今日吾人讀至「一朵紅妝百鎰爭」之句，不禁爲
> 之傷感，想見其下筆時之痛苦也。平心而論，河東君之爲人，亦不
> 僅具隨黃金百鎰者，所能爭取。觀謝象三不能如願之事，可以證知。
> （《柳如是別傳》，頁 215）

之後更點明「若孟陽心中獨以家無百鎰，不能與人競爭爲恨，則未免淺視河
東君矣。」其實，程嘉燧早就表現出來這種「淺視」，如崇禎十一年及十二年
除夕，皆在錢謙益家度歲〔註4〕的他，此時何不將絕代名姝柳如是的才貌，介
紹給錢謙益？可知此老：

> 心中直以「禁臠」視河東君，不欲他人與之接近，其情誠可鄙可笑
> 矣。（《柳如是別傳》，頁 231）

所以，我們反而可以擊節讚揚錢謙益，肯爲柳如是提供一個物質上可供遮風
避雨的小屋，更擔任她心靈庇護所的角色。根據佛經中「如是我聞」之句，
將小樓命名爲「我聞室」，以暗合柳如是的名字。小樓落成之日，他還特別寫
下〈寒夕文讌，再疊前韻。是日我聞室落成，延河東君居之。涂月二日〉：

> 清尊細雨不知愁，鶴引遙空鳳下樓。紅燭恍如花月夜，綠窗還似木
> 蘭舟。曲中楊柳齊舒眼，詩裏芙蓉亦並頭。河東新賦〈並頭蓮〉詩。「今
> 夕梅魂共誰語？任他疏影蘸寒流。」河東〈寒柳〉詞云：「約箇梅魂，與伊深憐低。」

─────────────────
〔註4〕參《耦耕堂存稿詩》下〈【戊寅】除夕拂水山莊和牧齋韻二首〉、〈【己卯】除夕
牧齋韻〉。

錢謙益的深情，令柳如是感動不已，歷經坎坷的女子，成名後雖然千人萬眾捧著，無非都是逢場作戲，錢謙益雖然年屆花甲卻能知根知底、知冷知痛，深情厚意比一般的少年公子純真，也許是同樣嘗過生命的苦澀，才有這種深切的相知相感吧！感恩之餘，柳如是作了這首〈春日我聞室作。呈牧翁〉：

> 裁紅暈碧淚漫漫，南國春來正薄寒；此去柳花如夢裏，向來煙月是愁端。畫堂消息何人曉，翠帳容顏獨自看；珍貴君家蘭桂室，東風取次一憑欄。

雖然詩題爲「呈牧翁」，詩之韻部卻同於陳子龍的〈補成夢中新柳詩〉〔註5〕，恐非偶然，蓋因當日我聞室之新境，遂憶昔時鴛鴦樓之舊情，所以有「淚漫漫」之語，且「翠帳容顏獨自看」，更懷疑錢謙益是否真能盡悉己身之苦情？所以「珍貴君家蘭桂室」，感牧齋相待之厚意，而抱未必能久居之感。陳寅恪認爲這首詩是《東山酬和集》中之上乘，簡直是剖肝瀝血：

> 「珍貴君家蘭桂室」之句與「裁紅暈碧淚漫漫」之句互相關涉，誠韓退之所謂「剖肝以爲紙，瀝血以書詞」者。（《柳如是別傳》，頁571）

而錢謙益〈河東春日詩有「夢裏愁端」之句，憐其作憔悴之語。聊廣其意〉：

> 芳顏淑景思漫漫，南國何人更倚闌。已借鉛華催曙色，更裁紅碧助春盤。早梅半面留殘臘，新柳全身耐曉寒。從此風光長九十，莫將花月等閒看。

更是句句貼心，深知其「夢裏」、「愁端」兩句所指之事實及心理，反而和韻寬慰，「新柳全身耐曉寒」句不僅摹寫柳如是身體耐寒之狀，亦兼稱譽其遭遇困難，堅忍不撓之精神，故柳如是之詩題，既特標「我聞室」，殊有深意。

　　在絳雲樓中，如是還邀請當時頗盛名的詩畫女傑黃媛介（字皆令）爲伴。據湯漱玉《玉臺畫史》說，如是曾在皆令的金箋畫上，題詞〈滿庭芳〉云：

> 紫燕翻風，青梅帶雨，尋芳草啼痕。明知此會，不得久殷勤。約略別離時候，綠楊外，多少銷魂。重提起、淚盈紅袖，未說兩三分。紛紛。從去後，瘦憎玉鏡，寬損羅裙。念飄零何處？煙水相聞。欲

〔註5〕施蟄存、馬祖熙標校，《陳子龍詩集》（上海：古籍出版社），頁418：春光一曲夕陽殘，金縷牆東小苑寒。十樣纖眉新鬥恨，三眠軟女正工歡。無端輕薄鶯窺幕，大抵風流人倚欄。二語夢作。太覺多情身不定，莫將心事贈征鞍。

夢故人，依稀只楚山雲。無非是、怨花傷柳，一樣怕黃昏。〔註6〕

又，黃媛介也有一首〈眼兒媚・謝別柳東夫人〉：

黃金不惜爲幽人，種種語殷勤。竹開三徑，圖存四壁，便足千春。

匆匆欲去尚因循，幾處暗傷神。曾陪對鏡，也同待月，常伴彈箏。

可知此樓不僅是柳如是「自己的房間」，還是可以自主招待朋友，尤其是閨蜜談心的專屬空間。再者，黃媛介的女性山水畫家身分也值得注意，因爲在有限的女性山水畫家中，以黃媛介藝術成就最高。而柳如是也有山水畫（參見圖片頁 10、13）流傳。柳如是和黃媛介的這段女性情誼，不禁讓筆者聯想起二十世紀末備受膜拜的兩位藝壇神話人物：象徵著美國本土藝術的傳奇人物歐姬芙〔註7〕和墨西哥藝壇的女傑卡蘿〔註8〕。她們崛起的典型如出一轍，

〔註6〕湯漱玉輯，《玉臺畫史》，道光間汪氏振綺堂刊本，卷三，頁 20。然陳寅恪已考證爲陳子龍所作之詞：「此詞本爲臥子崇禎八年首夏送別河東君之舊作，而河東君所以復重錄之於黃媛介扇面者，殆由畫扇之時令，正與當年臥子送別己身之景物相同，因而悵觸昔情，感念題此歟？」（《柳如是別傳》，頁 291）

〔註7〕歐姬芙（Georgia O'keeffe，1888～1986），早年能夠被評論者發掘，主要是史提格利茲（美國現代攝影之父）的大力推介，他的創造力理論以及歐姬芙自己獨特的創作能力都值得注目，1919 年歐姬芙歸結：女性擁有藝術創作的潛力，並且「可與男性所創造的藝術平起平坐」，暗示女性的創造力將掙脫傳統生兒育女的樊籠。史提格利茲認爲歐姬芙是第一個用作品表現「性感覺」的女人──他覺得這個是藝術表現的本質之一。他自始至終都抱持這個看法，並且認爲歐姬芙「不僅是全美國第一位，甚至是世界上首位眞正的女畫家。」從此，拾人牙慧的評論者紛紛將歐姬芙一生稱爲「傳奇」，其作品爲女性情慾的經典作品。不僅是藝術界，連出版界、作家文人，及女性主義者都熱烈崇拜她。歐姬芙生前不愛露臉，並且注重隱私。素顏的她，不在畫上簽名，頂多在背面簽上縮寫：ＯＫ。她生前及死後，都散發獨特的個人魅力，好奇者拚命想揭開她的神祕面紗，使得關於她的出版物不斷問世。雖然歐姬芙活了九十八年，以她名號爲賣點的出版物卻不下九十八本。

〔註8〕廿世紀最引人爭議的女畫家芙烈達・卡蘿（Frida Kahlo，1907～1954）是拉丁美洲女性藝術家的偶像。她慶幸自己生在墨西哥革命的年代，與新生的墨西哥同時誕生。卡蘿的生涯波折多難，她在 1913 年六歲時患小兒麻痺症，開始一生與病魔傷痛挑戰。1925 年十八歲因巴士車禍，使她脊椎受傷、右足骨折，失去生育機能，後遺症更造成她經歷三十五次手術，肉體與精神痛苦使她開始作畫，畫中透顯屈辱與堅忍的象徵訊息，結合了智慧、性感、嚴肅、悲壯與自戀情節。1929 年，卡蘿與墨西哥畫家里維拉結婚，1939 年兩人分手，次年又在舊金山再度結合。肉體的制約，反而使她在自己的繪畫中，欲求表現婚姻幸福生活。她透過百合花、石榴、櫻桃、檸檬等植物寓意與不調和的原野動物配列，糅合在自我映照畫像中，眼神帶有神話意念的苦悶情緒。身穿繁褥墨西哥傳統服飾，濃眉厚唇，異國姿容大件珠寶和熱帶花朵，有時甚至顯出自我毀飾

都因委身於聲名顯赫、年長若父的藝術家而出道。結果，她們自己的身後盛名，也都遠超過當時提拔她們如師亦父的丈夫。

至於「傳為柳如是的畫作」〔註 9〕共十三幀，其中的〈月堤煙柳圖卷〉參見圖片頁 13〔註 10〕，紙本，設色，縱 25.1cm，橫 125cm。幅上有錢謙益跋：「此山莊八景詩（參見圖片頁 72）之一也。癸未寒食日偕河東君至山莊，於時細柳籠煙，小桃初放，月堤（參見圖片頁 15）景物殊有意趣，河東君顧而樂之，遂索紙筆坐花信樓（參見圖片頁 15）中，圖此寄興。余故並錄前詩，以記其事。牧齋老人書。」此圖作於癸未崇禎十六年（1643）。由跋文可知，這是一幅寄興的寫生山水圖。因其為短時間內迅速勾畫而出，連筆的線條較

的殘酷，將強迫加諸自身的信心，轉化為一種藝術信仰的力量。卡蘿的藝術，交織著女性內心的感情世界和國家的政治生活。1937 年她畫了一幅〈在布幔之間獻給托洛茨基的自畫像〉送給情人──當時亡命墨西哥的托洛茨基的生日禮物（托氏在蘇聯十月革命後曾任革命軍事委員主席，後被逐出蘇聯組成第四國際，在墨西哥遭暗殺）。這幅畫不同於一般卡蘿自畫像，她身穿墨西哥貴族裝，披金色圍巾，手握花束與情書，走向布幔拉開的舞臺。她與里維拉都是托洛茨基強烈支持者。1940 年托氏被害時，此畫為美國外交官呂斯購藏。芙瑞達‧卡蘿常用她從墨西哥承襲下來的受創而哀痛的肖像來畫她自己和她的痛苦，身體上的殘疾並沒有扼殺她在戲劇方面的天分，而她丈夫──也就是壁畫家迪耶哥‧里維拉的用情不專，才造成了她浪漫特異但悲劇的個性。其作品有極端的精神分裂色彩，也因此掩蓋了其中的血腥、殘暴及公然表現的政治內容。卡蘿個人的痛苦不應淹沒她對墨西哥人民的承諾，而在她尋找自己的根，墨西哥也在為本身的文化認同努力奮鬥，她因而也同時表達了對祖國的關懷，她的一生甚至去世都帶有政治色彩。

另可參見張小虹，〈自戀的慟──記墨西哥女畫家佛莉妲‧卡蘿〉，《自戀女人》（臺北：聯合文學出版社，1996 年 10 月），頁 33～39。黃舒屏，《卡蘿 Kahlo Frida》（臺北：藝術家，2002 年 8 月）。張淑英，〈最後的「自畫像」：愛欲、身體、國族──芙莉達‧卡蘿的《日記》呈現的心靈癥狀〉一文，收於簡瑛瑛編，《女性心／靈之旅──女族傷痕與邊界書寫》（臺北：女書文化，2003 年 3 月），頁 49～76。

〔註 9〕藝術史大師高居翰（James Cahill）建議孫康宜在《陳子龍柳如是詩詞情緣》的「圖片說明」部分。為求學術研究之嚴謹，很多真偽難辨的畫作，都應該加上「attributed to Liu Ju-shih」。見孫康宜該書，〈中文版序〉頁 11。另，又提及兩部女畫家的論集都談到柳如是的繪畫成就，並錄於此：
Marsha Weidner, et al., Views From Jade Terrace : Chinese Women Artists 1300 – 1912 （Indianapolis and New York, 1988）
Marsha Weidner, et al., Flowering in the Shadows: Women in the History of Chinese and Japanese Painting（Honolulu: Univ. Of Hawaii Press）

〔註 10〕李光德，《中國古今女美術家傳略》（北京：中共黨校出版社，1995 年 10 月），頁 164。

弱，物象造型亦不夠準確，但卻充溢著鮮活的生活氣息。柳如是以清新淡雅的設色，成功地再現了江南溫潤的水鄉風貌。陶詠白、李湜提及：

> 山水畫是明代閨閣畫家表現得最少的題材。雖然明代以山水畫居主流，〔清〕徐沁〈明畫錄記〉，明代畫家八百多人中，山水畫家占一半以上，而歸入其他門類的畫家也多能兼長山水畫，但閨閣畫家們仍對題材保持以往所具有的冷漠感。其主要原因在於社會習俗、倫理道德等各種因素對她們的影響，如「婦德」、「婦道」、「婦規」、「婦儀」等組成的無形的繩索，使得她們生活範圍縮到足不出戶的閨閣之中，而不能像男性畫家那樣思路開闊，從大自然的美景中獲取創作靈感，這無疑極大地降低了她們創作山水畫的欲望。〔註11〕

該文又指出柳如是這幅〈月堤煙柳圖卷〉是「現存最早的一件女畫家所創作的寫生山水圖，在中國畫史上具有重要的特殊的意義」，目前珍藏於北京故宮博物院〔註12〕，而柳如是其他八幀山水人物圖冊也被美國佛利爾美術館珍藏。然而，其畫作的特殊意義不應只在於「現在最早」，更重要的是在於昭示了古代女子的自由行樂踏青之難易。因爲妍麗絕色，才華耀眼的名妓，往往博得文人雅士的追逐與敬重，平日不乏王公貴族、文人才子圍伺在旁，經濟條件必然獲得改善，不但生活起居一如富貴人家，而且能比一般女性更自由地遍遊各地山川名勝，反而不必顧忌、拘泥於閨閣千金、豪門貴婦的體制。

　　另外，海虞邵氏舊藏的〈花鳥圖〉，頗值得注意的是右下方所署「如是女史作於絳雲樓」參見圖片頁 11，作畫地點爲絳雲樓。繪畫書法藝術作品總是需要一個安靜穩定的工作室方能「工其事」，而這種「利其器」的我聞室和絳雲樓，恰恰正是錢謙益所給予的藝術環境，不知不覺竟成爲女性主義先驅者——維金妮亞・吳爾芙（Vir-ginia Woolf）（1882～1941）對於女性書寫的空間與意義，最精闢的前導：「女性若是想要寫作，一定要有錢和自己的房間。」（A women must have momen and a room of her own if she is to write fiction.）。柳如是自從離開周道登家後，即不甘作人姬妾。就在堅持不肯屈就的理念下，幾經波折，流轉十年，終「歸」錢謙益：

〔註11〕陶詠白、李湜，〈青樓文化觀照中的女性繪畫——寄情山水的柳如是、范玨〉，《失落的歷史——中國女性繪畫史》（湖南：湖南美術出版社，2000年6月），頁47。

〔註12〕《中國美術辭典》（上海：上海辭書出版社，1987年12月1版，1991年1月3刷），頁90：〈柳如是〉的資料則提這幅〈月堤煙柳圖卷〉現藏天津市藝術博物館。

河東君與宋陳之關係，所以大異於其與牧齋之關係，實在於嫡庶分別之問題。（《柳如是別傳》，頁 654）

揮別與宋轅文、陳子龍的愛戀糾葛，擺脫了狹小又動盪不安的畫舫（僅可供吟誦詩詞的空間）生涯，因而為自己爭取到更大的藝文空間。雖然探討她的婚前與婚後作品時，已說明她的文學重心有了很大的轉移，甚至是後來身分轉變成「畫家」、「編輯家」〔註13〕（《列朝詩集小傳·閏集》）與「文獻家」〔註14〕，此乃因絳雲樓即藏書閣所致。

順治七年（1650）絳雲樓遭祝融肆虐，圖書古玩毀亡殆盡，錢謙益〈蕉園〉七律：「蕉園焚彙總凋零，況復中州野史亭」句及〈金陵雜題絕句〉二十五首之十三：「赤龍重燄蕉園火，燒卻元家野史亭。」等詩句可證絳雲樓罹此災厄〔註15〕，並延及半野堂，柳如是遂移居紅豆山莊。

柳如是可說是一位走在時代尖端、不拘禮法的女性，朱雲翔〈鳳凰臺上憶吹簫·河東君遺像〉云：

夢冷金環，香消翠管，傷心舊日高樓。記東山酬和，隔歲淹留。一幅生綃誰寫？春風裏，還自凝眸。牽情處，柳花如夢，煙月空愁。

悠悠。脂奩硯匣，經幾度斜陽，煙靄雲浮。悵鴛湖畫舫，同笑牽牛。自與尚書別後，千萬事，總合長休。端詳久，紅顏俠懷，真是風流。〔註16〕

詞人認為柳如是年輕戀史如夢境寒冷，昔日鴛鴦樓已成傷心處。嫁給錢謙益後，展開東山酬唱的生涯。是誰寫此生綃？讓人凝視歛眉，低迴不已。

〔註13〕 柳如是編輯的作品有：
1. 柳如是編，《古今名媛詩詞選》，1937 年中西書局據傳鈔本排印，有柳氏自跋，錄入刊書中（此據胡文楷編著，《歷代婦女著作考》，頁 434）。
2. 錢謙益著，錢陸燦輯，《列朝詩集·閏集》（上海：上海古籍出版社，1983 年 10 月。
〔註14〕 鄭偉章，〈柳如是〉，《文獻家通考》上冊（北京：中華書局，1999 年 6 月），頁 44～45：錢氏「建絳雲樓，其上積圖書萬卷，擁姬柳如是，焚香瀹茗，校勘賡酬，修趙德甫、李易安故事。黃丕烈藏《樂府新編陽春白雪》十卷，一為元刻，一為元人抄本，均為其所藏所校，字作趙孟頫體，雅秀可愛，風韻嫵媚。藏書處名惠香閣。藏印曰：「女史」、「惜玉憐香」、「柳如是」小印，「惠香閣」等。（參見圖片頁 26）
〔註15〕 石楠女士的《寒柳──柳如是傳》頁 443～450，將絳雲樓此災演繹為柳如是自己放火，以掩護為復明大業而暗中進行的海上聯繫工作。
〔註16〕 王昶編選《國朝詞綜》，嘉慶三泖漁莊藏板，卷三十三，頁 8。

再面對柳如是的妝奩硯盒，青春歲月流轉幾度夕陽紅？「紅顏俠懷，最是風流」，她那敢作敢爲的多采多姿放誕行爲，爲自己贏得了「自己的房間」。然而隨著絳雲樓的灰飛煙滅，柳如是走出了房間，卻迎向了明朝存亡的大時空。

三、狐女與金釵：《聊齋》與《紅樓》

前論柳如是的山水畫成就，在於她的青樓身分能夠歷覽山川，非閨房之閉處。而《聊齋誌異》中的內容不外花妖狐魅、神仙鬼怪、人間百態，但最被人津津樂道的應該是「狐魅」的部分，陳寅恪指出：

> 清初淄川留仙松齡《聊齋誌異》所紀諸狐女，大都妍質清言，風流放誕，蓋留仙以齊魯之文士，不滿其社會環境之限制，遂發遐思，聊托靈怪以寫其理想中之女性耳。實則明季吳越勝流觀之，此輩狐女，乃眞實之人，且爲籬壁間物，不待寓意遊戲之文，於夢寐中以求也。若河東君者，工吟善謔，往來飄忽，尤與留仙所述之物語髣髴近似，雖可發笑，然亦足藉此窺見三百年前南北社會風氣歧異之點矣。（《柳如是別傳》，頁 75）

柳如是的個人特色在於「工吟善謔，往來飄忽」、「妍質清言，風流放誕」，與現在的日本藝妓所受的訓練有其同妙之處：

> 這些社交型的「狐狸精」是良家婦女無法取代的，反之亦然，相夫教子煮飯洗衣的能力基本上與吟詩跳舞打扮交際是完全不同的。因此某種程度上藝妓會變成男人的紅粉知己……她懂得聆聽，更知道適時轉變話題，減低情夫的工作壓力，讓他不虛此行、不枉此錢，也不必將工作上的怨氣帶回家。這般善解人意，難怪有大人物會娶藝妓爲妻，例如十九世紀末的日本首相伊藤博文。〔註17〕

錢柳因緣也難怪會成爲千古文壇佳話。或國難當前的公領域中失意，士大夫更渴望的是私領域裡有紅粉知己的傾聽。

秦淮八豔的美名深植人心，《紅樓夢》中的金陵十二釵或多或少都有其芳蹤麗影，甚至已有學者討論《柳如是別傳》與《紅樓夢》的關係，例如

〔註17〕收於《一個藝妓的回憶》（臺北：希代，2001 年 6 月），頁 9。彭雙俊，〈導讀‧褪色記憶中的技藝與藝妓〉，頁 9。

劉克敵〈陳寅恪的「紅妝」研究與《紅樓夢》〉〔註18〕指出陳寅恪雖無研究《紅樓夢》的專文，但在其他論著中，特別是在《柳如是別傳》、《論再生緣》等紅妝研究論著中卻一再提及《紅樓夢》。他關於《紅樓夢》的論述大致有兩個方面：一是在整體評價方面，認爲《紅樓夢》是大事均有所本的寫實之作，後四十回亦爲曹雪芹所寫，全書結構不夠精密等。二是在紅妝研究方面，經常以《紅樓夢》作爲參照系，將其所贊頌的歷史上的眞實女性（如柳如是及《再生緣》的作者陳端生）與《紅樓夢》所塑造的女性形象（如林黛玉）進行比較，從而寄寓自己追求個性自由和精神獨立等諸多情懷。劉夢溪在《紅樓夢與百年中國》〔註19〕一書的〈增訂版後記〉（1998年1月16日校後記）提到寅恪先生最不能容忍的是知識分子躬行「妾婦之道」，所以《紅樓夢》中的趙姨娘便被描寫得一無是處，對一心想作妾的花襲人也不具好感，而對不願作妾的鴛鴦姑娘則格外同情。因此肯定明季南國名姝柳如是的生平行事是可以通過《紅樓夢》的方式得到藝術的再現。王夢阮與沈瓶庵合著之《紅樓夢索隱》（1916），也將柳如是和鴛鴦並況：賈母壽終，鴛鴦殉之；牧齋死後，如是自縊，兩人皆以少殉老。劉廣定〈陳寅恪與「紅樓夢」〉〔註20〕一文，自陳寅恪的著作及有關吳宓的記載摘出有關《紅樓夢》的見解十六條，並討論其價值；李怡〈大師風範，光耀千古——再議《柳如是別傳》的創作動機〉〔註21〕則說明《柳如是別傳》是陳寅恪最後的一部鉅著，是留給世人的一部現實的《紅樓夢》，一張滄桑的人生答卷。一篇昂揚的人格宣言，一份精深的學術總結。雷戈〈論《柳如是別傳》在陳寅恪生命史上的創始意義〉指出《柳如是別傳》之所以具有非同一般的價值與魅力，就在於它與陳寅恪的生命史有一種深刻的因緣關係，這種因緣關係主要表現在三方面：「紅豆意象」、「孤憤心態」與「易代情結」，其中的「紅豆意象」是指：

〔註18〕 劉克敵，〈陳寅恪的「紅妝」研究與《紅樓夢》〉（臺北：《文史哲》1998 年第5 期），頁 33～39。

〔註19〕 劉夢溪，《紅樓夢與百年中國》（河北：河北教育出版社，1999 年 1 月），頁452～461。

〔註20〕 劉廣定，〈陳寅恪與「紅樓夢」（悼念陳寅恪先生（1890～1969）逝世三十年）〉《國立中央大學人文學報》19 期，1999 年 6 月，頁 69～84。

〔註21〕 李怡，〈大師風範，光耀千古——再議《柳如是別傳》的創作動機〉《北京理工大學學報》，第 2 卷第 3 期，2000 年 8 月，頁 33～36。

> 陳氏巧遇紅豆，僧道巧遇石頭，這實在是人世間一種千載難逢之大
> 巧合、大機遇、大因緣。……有靈性的石頭在曹雪芹手中演繹成一
> 部《紅樓夢》，有靈性的紅豆在陳寅恪手中則演繹成一部《柳如是別
> 傳》。紅豆像一粒神奇的生命種子，在陳寅恪的心靈之中發芽、開花、
> 結果，最後終成長爲一棵罕見的生命之樹，最終結出一顆豐美的生
> 命之果。〔註22〕

暫不從「巧合」來談實證性的含義，因爲這只是精神上的同構，而具體來看，
從《紅樓夢》讀者觀點來看柳如是，她與林黛玉、薛寶釵、王熙鳳、晴雯都
有淵源關係。先就其身世而言，第三回黛玉進府，展開生命中的第一次旅程，
也是宿命的投奔，最後魂斷瀟湘館，終其一生，黛玉沒有離開過大觀園。這
一路所見，即呈現出「孤女意識」：

> 近日所見的這幾個三等僕婦，吃穿用度，已是不凡了。何況今至其
> 家。因此步步留心，時時在意，不肯輕易多說一句話，多行一步路，
> 惟恐被人恥笑了他去。〔註23〕

這種「惟恐被人恥笑」的心態一直是巨大的陰影，盤旋不去，儘管她再怎麼
「步步留心，時時在意，不肯輕易多說一句話，多行一步路」，還是在後來的
晚宴場面上震懾住：

> 外間伺候之媳婦丫鬟雖多，卻連一聲咳嗽不聞。寂然飯畢，各有丫
> 鬟用小茶盤捧上茶來。當日林如海教女以惜福養身，云飯後務待飯
> 粒咽盡，過一時再吃茶，方不傷脾胃。今黛玉見了這裡許多事情不
> 合家中之式，不得不隨的，少不得一一改過來，因而接了茶。

賈府首餐，情妹妹也如後來的村姥姥，驚訝於用膳的靜音場面，而飯畢送茶，
有違林家平常教導的養身之道，在「不得不隨」，「少不得一一改過」的狀況

─────────────

〔註22〕 雷戈〈論《柳如是別傳》在陳寅恪生命史上的創始意義〉，《松遼學刊》（社會
科學版），第2期，總第77期，1997年，頁2～3。

〔註23〕 紅樓學者康來新指出：「臺北里仁書局《紅樓夢校注》（1984印行），底本雖爲
前八十回庚辰，後四十回程甲，但現行第一回由『說說笑笑』至『登時變成』
共四二九字，乃從甲戌本增，庚辰原作只得『來至石下，席地而作長談，見』
十一字。又一九八四臺北里仁版實是戒嚴時期之權便，因『校注』者實爲北
京紅樓夢研究所，由馮其庸主持，亦即一九八二年北京人民出版社出版之新
校注本《紅樓夢》。」見〈閒情幻──《紅樓夢》的飲食美學〉，收於《趨赴
繁花盛放的響宴──飲食文學國際研討會論文集》（臺北：時報文化，1999
年），頁228。本文亦採此地接受最高的庚辰本，以下不再贅述。

下，幸而黛玉不曾冒失就飲，漱口茶與王敦出醜的塞鼻棗，都非為口腹之欲而設。〔註24〕又如賈母因問黛玉念何書。黛玉老實答道：「只剛念了《四書》。」當她好奇地又問姊妹們讀何書時，連最「親」的外婆賈母都只淡然說：「讀的是什麼書，不過是認得兩個字，不是睜眼的瞎子罷了！」學了乖的黛玉後來也更小心地回答寶玉的同樣問題：「妹妹可曾讀書？」「不曾讀，只上了一年學。些須認得幾個字。」兩人的猜心活動或許就肇源於外在世界（甚至是身邊人）的爾虞我詐。

這不也就是柳如是在寫作《湖上草》、《尺牘》時期呈現的避禍逃難之心態？先看〈雨中游斷橋〉：

> 野橋丹閣摠通煙，春氣虛無花影前。北浦問誰芳草後，西泠應有恨情邊。看桃子夜論鸚鵡，折柳孤亭憶杜鵑。神女生涯倘是夢，何妨風雨炤嬋娟。

對她來說，春天是「虛無」的，不論文士公子「看桃」或「折柳」，都只是「神女生涯」的夢罷了。另外，著名的〈西陵〉十首之一：

> 西泠月炤紫蘭叢，楊柳絲多待好風。小苑有香皆冉冉，新花無夢不濛濛。金吹油壁朝來見，玉作靈衣夜半逢。一樹紅梨更惆悵，分明遮向畫樓中。

之三：

> 九嶷弱水共沉埋，何必西泠憶舊懷。玉碗如煙能宛轉，金燈不夜若天涯。山櫻一樹迷仙井，桃葉千條渺鳳釵。萬古情長松柏下，只愁風雨似秦淮。

女子雖然「楊柳絲多」，滿心盼著「好風」，但又擔心「風雨似秦淮」。

又如〈清明行〉所述：

> 春風曉帳櫻桃起，繡閣花驄綺晴旨。桃枝柳枝偏照人，碧水延娟玉為桂。朱蘭入手不禁紅，芳姅紛勻自然紫。西泠窈窕雙迴鸞，蕙帶如聞明月氣。可憐玉鬢茱萸心，盈盈豔作芙蓉生。明霞自落鳳巢裡，白蝶初含團扇情。丹珠泣夜柳條曲，夢入鶯閨漾空溁。斯時紅粉飄

〔註24〕康來新教授認為：「初來乍到便被茶找碴，也許預告了黛玉體質與習性畢竟不適金玉良緣的榮國府，雖然鳳姐曾打趣，說是連茶都吃了，自是未來的媳婦（二十五回），但茶哭淚還，『心事終虛化』（第三回），黛玉『心思過人』還是不敵命中注定。」同前書，頁216。

高枝，荳蔻香深花不續。青樓日暮心茫茫，柔絲折入黃金床。盤螭
玉燕無可寄，空有鴛鴦棄路旁。

首句便待「春風」，但到了「日暮」，青樓女子心境只能說前途茫茫，或是「可
憐玉鬢茱萸心」，或是唯恐「空有鴛鴦棄路旁」。再看〈西湖〉八絕句：

一、垂楊小院繡簾東，鶯閣殘枝宋思逢。大抵西泠寒食路，桃花得
　　氣美人中。

二、年年紅淚染青溪，春水東風折柳齊。明月乍移新葉冷，啼痕只
　　在子規西。

三、湘絃瑟瑟瑣青梅，些是香銷風雨虺。無數紅蘭向身瀉，誰知多
　　折不能回。

四、南屏煙月曉沉沉，細雨嬌鶯淚似深。猶有溫香雙蛺蝶，飛來紅
　　粉字同心。

五、亞枝初發可憐花，剪剪青鸞濕路斜。移得傷心上楊柳，西泠杜
　　字不曾遮。

六、青蕪煙掠夜涼時，落盡櫻桃暗碧池。恨殺楊花已如淚，春風春
　　夢又相吹。

七、晴湖新水玉生煙，芳草霏霏蝕雁鈿。苦憶青陵舊時鳥，桃花啼
　　裡不曾還。

八、愁看屬玉弄花磯，紫燕翻翻濕翠衣。寂寞春風香不起，殘紅應
　　化雨絲飛。

雖然「桃花得氣美人中」，是如此的盛妝麗容，可是年年月月過去，只剩「紅
淚染青溪」，「多折」的花，就算「初發」也是「可憐」，落得「傷心上楊柳」、
「落盡櫻桃暗碧池」，真是「恨殺楊花已如淚」，到了最後一首的「愁看」，甚
至「寂寞春風香不起，殘紅應化雨絲飛」〔註25〕，更印證了柳如是這個時期

〔註25〕此組作品與《紅樓夢》第二十七回最著名的〈葬花詞〉意境相似：
　　　　花謝花飛花滿天，紅消香斷有誰憐？游絲軟繫飄香榭，若絮輕沾撲繡簾。
　　　　閨中兒女惜春暮，愁緒滿懷無釋處，手把花鋤出繡閨，忍踏落花來復去。
　　　　柳絲榆莢自芳菲，不管桃飄與李飛。桃李明年能再發，明年閨中知有誰？
　　　　三月香巢已壘成，樑間燕子太無情！明年花發雖可啄，卻不道人去樑空巢也傾。
　　　　一年三百六十日，風刀霜劍嚴相逼，明媚鮮妍能幾時，一朝漂泊難尋見。
　　　　花開易見落難尋，階前悶殺葬花人，獨倚花鋤淚暗彈，灑上空枝見血淚。
　　　　杜鵑無語正黃昏，荷鋤歸去掩重門。青燈照壁人初睡，冷風敲窗被未溫。
　　　　怪奴底事倍傷神，半爲憐香半惱春：憐春忽至惱忽去，至又無言去不聞。

的生活困頓（「盛澤才女」一節已論《尺牘》中的身世飄零之感），尤其在《尺牘》後半部，更是句句帶病，如第十一通：

> 二扇草上，病中不工。書不述懷，臨風悵結。

第十三通：

> 奈近羸薪憂，褰涉為憚，稍自挺動，必不忍寒傴，以自外於霞客也。

第十四通：

> 祇襒宴坐，愈深賞音之懷，況以先生之高徹，人倫水鑑，歲寒三過，何只訪戴雪舟，可一日而不對冰壺、聆玉屑耶？昨以小疢，有虛雅尋。快快之餘，兼之戀悚。

第十八通：

> 不意元旦嘔血，遂爾岑岑。至今寒熱日數十次，醫者亦云，較舊沉重，恐瀕死者無幾，只增傷悼耳。所剩溫慰過情，郵筒兩寄，銘刻之私，非言所申。嗟乎！知己之遇，古人所難。自愧渺末，何以當此？倘芝眉得見，愁苦相勞，復何恨耶？荒迷之至，不知倫次。

第廿五通：

> 樓飲之暇，樂聞勝流。顧嵇公懶甚，無意一識南金。奈何！柴車過禾，且夕遲之，伏枕荒謬，殊無詮次。

第廿七通：

> 得讀手札，便同阿閦國再見矣。但江令愁賦，與弟感懷之語，大都若天涯芳艸，何緜與巴山之雨，一時傾倒也。許長史《真誥》，亦止在先生數語間耳。望之！餘扼腕之事，病極不能多述也。

第廿八通：

> 不意甫入山後，纏綿厲疾，委頓至今。近聞先生已歸，幸即垂視，山中最為麗矚，除藥爐禪榻之外，即松風桂渚。

第廿九通：

> 弟抱痾禾城，已纏月紀。及歸山閣，幾至彌留。

昨宵庭外悲歌發，知是花魂與鳥魂？花魂鳥魂總難留，鳥自無言花自羞。
願奴脅下生雙翼，隨花飛到天盡頭。天盡頭，何處有香丘？
未若錦囊收艷骨，一杯淨土掩風流。質本潔來還潔去，強於污淖陷渠溝。
爾今死去儂收葬，未卜儂身何日喪？儂今葬花人笑癡，他年葬儂知是誰？
試看春殘花漸落，便是紅顏老死時。一朝春盡紅顏老，花落人亡兩不知！

「病中不工」、「近羸薪憂」、「小疢」、「嘔血」、「瀕死」、「伏枕荒謬」、「病極不能多述」、「纏綿夙疾」、「藥爐」、「抱痾」、「彌留」等字語都是詞悲意苦，柳如是體弱多病，更早期作品，作《戊寅草》〈訴衷情近‧添病〉已言：

> 幾番春信，遮得香魂無影，銜來好夢難憑，碎處輕紅成陣。任教日暮還添，相思近了，莫被花吹醒。　　雨絲零，又早明簾人靜。輕輕分付，多箇未曾經。畫樓心，東風去也，無奈受他，一宵恩幸，愁甚病兒真。

此詞名為「添病」。所謂「添病」語涉雙關，不僅柳如是與陳子龍均染小恙，更有所指，即「添」相思之「病」也。陳子龍〈戊寅七夕病中〉詩中有云「不堪同病夜，苦憶共秋河」，對柳如是的眷戀之情溢於言表。柳如是同樣靈犀不變，真情不死，發而為詞，通篇言情，追憶南園同居生活：究竟是誰「銜來好夢」？可是愛情之神？然而好夢難憑，一如春天繽紛的花朵「輕紅成陣」。如果因愛而病，那就再添一些「病」吧，只是別讓吹來的花瓣把我叫醒。詞的下半闋轉入早晨醒來，回味夢境。窗外雨絲飄零，屋內帘明人靜。憶起昨夜夢中之情，已成為「曾經」，柳如是「輕輕吩咐」自己：當愛情被外力摧殘，姻緣離變只能當成若無其事。追懷往昔，「一宵恩幸」留下的離愁和心病，卻是真真切切而綿綿無期。柳如是與陳子龍同病相憐，在詞中宣其心聲，柔情萬千，委婉纏綿之情宛然若見。

自崇禎十四年正月二日至上元，柳、錢二人同遊拂水山莊，又偕往蘇州。但半月間竟無唱和之作，到元夕纔有詩。陳寅恪據錢牧齋之詩認為：「則河東君之離常熟，亦是扶病而行者。」隨即又云：

> 今日思之，抑可傷矣。清代曹雪芹糅和王實甫「多愁多病身」及「傾國傾城貌」，形容張崔兩方之辭，成為一理想中之林黛玉。殊不知雍乾百年之前，吳越一隅之地，實有將此理想而具體化之河東君。（《柳如是別傳》，頁583）

此「理想中之林黛玉」或被指糅和自紅顏薄命的馮小青〔註26〕、葉小鸞〔註27〕，

〔註26〕 杜春耕，〈從《風月寶鑑》是演變不出一部《石頭記》來的〉，《紅樓夢學刊》2000年第4輯（總87輯）（北京：紅樓夢學刊雜誌社，2000年11月），頁238：「《北京農工報》、《人民政協報》、《紅樓》雜誌曾發表和介紹了我對「馮小青作品群」影響了《紅樓夢》創作的一些文章。文中以大量的文字及故事情節對照來說明，『太虛幻境』、『十二釵簿籍』、『警幻仙姑』、『療妒湯與王一貼』、『尤二姐與王熙鳳』、『甄英蓮與夏金桂』還有『林黛玉的故事』等一系列故事情節來源，與『馮小青作品群』有千絲萬縷的直接繼承關係，並可找出許

文學家多「實者虛之」，史學家多「虛者實之」，陳寅恪深知箇中三昧，打通文史隔膜，援詩證史，引史入詩，出入文史之間，揮灑自如。但他更感慨的是柳如是竟然可以：

> 眞如湯玉茗所寫柳春卿夢中之美人，杜麗娘夢中之書生。後來果成爲南安道院之小姐，廣州學宮之秀才。中國老聃所謂「虛者實之」者，可與希臘柏拉圖意識型態之學說，互相證發，豈不異哉！（《柳如是別傳》，頁583）

柳如是對馮小青並不陌生，陳寅恪指出其作品屢提及：

> 故知河東君遊孤山，而有所感會。然細繹全首詞旨，除「鶴曾遊」外，其他並無與孤山典故有關者。頗疑此詩殆有感於馮小青之事而作。「松柏同心」已成陳跡。馮雲將家已貧落，無復煉金之鼎。往來於富人之門，不能如褚元璩之高逸。舊日小青之居處，猶似己身昔日松江之鴛鴦樓，即南樓，既睹孤山陳跡之荒涼，尚冀他日與臥子重尋舊好也。（《柳如是別傳》，頁463）
>
> 河東君自傷其身世與小青相類，深恨馮妻及張孺人之妬悍，雲將及臥子之懦怯，遂感恨而賦此詩歟？《湖上草》中〈過孤山友人快雪堂〉七律一首，是否與此首同時所作，雖不能知，然此「友人」當爲馮雲將，則無可疑。所以諱言之者，或因有遊孤山悼小青之什，故不顯著馮氏之名也。（《柳如是別傳》，頁464）

多關鍵詞彙相同。這說明了《紅樓夢》中的原本《風月寶鑑》部分和曹雪芹在作二次創作，受到了馮小青形象的深刻影響這點是確定的。」

〔註27〕見拙著，《閨閣傳心──午夢堂集女性作品研究》（臺北：里仁書局，1997年4月），頁134：

《紅樓夢》第七十六回〈凸碧堂品笛感淒清　凹晶館聯詩悲寂寞〉後半，黛湘中秋夜聯吟末幾句，史湘雲道出：「寒塘渡鶴影」後，林黛玉半日方對出：「冷月葬花魂。」而「葬花魂」三字即出自於《續窈聞》中泐菴大師審問葉小鸞生前種種罪過的文字中，原文如下：

　　曾犯癡否？

　　女云：「曾犯。勉棄珠環收漢玉，戲捐粉盒葬花魂。」

不管曹雪芹是否有意將林黛玉的命運套上葉小鸞的影子，有一點是極爲可能的：即曹雪芹曾經看過《午夢堂集》，或至少看過《續窈聞》。這還可以在《紅樓夢》其他地方找到例子，如第七十八回〈老學士閒徵姽嫿詞　痴公子杜撰芙蓉誄〉的〈芙蓉誄〉中有一句「寒簧擊敔」，「寒簧」之名最初即見於《續窈聞》，而葉小鸞天亡後，便充當了這個月宮侍書的角色，後代作品中亦多有出現，如〔清〕洪昇的《長生殿》、尤侗的《鈞天樂》。

薛寶釵，因爲所居「蘅蕪苑」，而號「蘅蕪君」。「蘅蕪」，《辭海》注云：「芳草名。」〔晉〕王嘉《拾遺記·前漢上》：「帝息於延涼室，臥夢李夫人授帝蘅蕪之香，帝驚起，而香氣尤著衣枕，歷月不歇。」徐夤〈詠夢詩〉：「文通（江淹）毫管醒來異，武帝蘅蕪覺後香。」〔清〕納蘭性德〈沁園春·代悼亡詞〉：「夢冷蘅蕪，卻望姍姍，是耶非耶？」

「蘼蕪」和「蘅蕪」都屬多年生草本植物，香氣襲人，在《紅樓夢》第十七、十八回寫到蘅蕪苑內的許多異草時，既有「那香的是杜若蘅蕪」、「還有什麼丹椒，蘼蕪」。當賈政徵求清客相公們對聯時：

> 那人道：「古人詩云：蘼蕪滿手泣斜暉。」

談到顏其匾時，

> 寶玉道：「如此說，匾上則莫若蘅芷清芬四字」。

後來，元妃省親時，「『蘅芷清芬』賜名曰『蘅蕪苑』」。第二十三回薛寶釵奉元妃之命移居此處。及至第三十七回探春結社，爲避免叔嫂一類俗稱，各人都起了別號，寶釵住蘅蕪苑，李紈便封她爲「蘅蕪君」。其實，蘅蕪苑內原有「蘼蕪」這種植物，因此，如果元妃將「蘼蕪君」封給薛寶釵亦未嘗不可。嚴中在〈薛寶釵與柳如是〉一文更推論：

> 《百家姓考略》中載，柳姓屬「河東郡」，故柳如是又自稱「河東君」。而《百家姓考略》中載，薛姓亦屬「河東郡」，因此，薛寶釵也是可以自稱爲「河東君」的。

> 還有柳如是於明崇禎十四年納爲錢謙益後，錢即爲她建造絳雲樓居之。而《紅樓夢》中賈寶玉將自居的「怡紅院」題名「絳雲軒」。後來，薛寶釵當上了「寶二奶奶」，這裡自然也就成了她的居所。

從「蘼蕪」、「河東君」、「絳雲樓」一一舉證在薛寶釵的身上，令人無法不信柳如是的魅力再次展現在紅樓十二釵身上。

另外，陳寅恪又鉅細靡遺地考察柳如是「耐寒」的特性，而且指出爲了造型，「若衣著太多，則嫌臃腫，不得成俏利之狀」，所以「服砒劑，既可禦寒，復可令面頰紅潤。」這似乎也成了薛寶釵吃冷香丸的原型：

> 「全身耐曉寒」，必非泛語。第參章論臥子〈蝶戀花·春曉〉詞「故脫餘綿，忍耐寒時節。」句，已略及河東君個人耐寒之特性，顧苓〈河東君傳〉云：「爲人短小，結束俏利。」白牛道者題此傳云：「冬月御寒袷衣，雙頰作朝霞色，即之，體溫然。疑其善玄素也。」皆

與耐寒之特性有關。蓋河東君為人短小，若衣著太多，則嫌臃腫，不得成俏利之狀。既衣著單薄，則體熱自易放散，遂使旁人有「即之溫然」之異感。此耐寒習慣，亦非堅忍性特強之人不易辦。或者河東君當時已如中國舊日之乞丐，歐洲維也納之婦女，略服砒劑，既可禦寒，復可令面頰紅潤。

前引臥子為河東君而作之〈長相思〉詩云：「別時餘香在君袖。香若有情尚依舊。但令君心識故人。(寅恪案，此句用《後漢書‧列傳‧肆肆‧楊震傳》：「故人知君，君不知故人。」之語，甚為巧妙，足見臥子文才之一斑。)綺窗何必長相守。」然則河東君之香乃熱香，薛寶釵之香乃冷香，冷香猶令寶玉移情，熱香更使臥子消魂矣。(《柳如是別傳》，頁572)

《紅樓夢》第八回寶釵服冷香丸後，口中有香味，引起寶玉注意。而十九回更從寶玉「聞得一股幽香卻是從黛玉袖中發出，聞之令人醉魂酥骨」，而黛玉卻說「蠢才，蠢才，你有玉人家就有金來配你，人家有冷香你就沒有暖香去配？」無論是臥子、寶玉，或曹雪芹或陳寅恪，這些後續的「移情」、「消魂」，或許就像今日經濟學家的「蝴蝶理論」(南美洲的一隻蝴蝶拍了一下翅膀，連鎖的生物反應可能在歐洲引起一場暴風雨)，恐怕連柳如是都始料未及。臺灣紅樓夢學者康來新認為：

以「飲食」直寫性情，「冷香丸」為絕佳示範，蓋藥補即食補的養生道，《紅樓》著墨頗多。胎裡帶來熱毒的寶釵，服食「冷香」藥丸（第八回），與她的「薛」（雪）姓氏（第四回），「蘅蕪」苑居（四十回），三者形成風格即人格、人格即命運的紅樓人物的形象作業。〔註28〕

舉止嫻雅、安分隨時的寶釵服冷香丸、居蘅蕪院，富貴端莊的風格、城府深嚴的人格，隨著金玉良緣的命運，成為怡紅院的女主人。

以上論完釵、黛二人，再探討如是和熙鳳形象的相關之處。

王熙鳳〔註29〕的精明幹練，展現治理寧國府、榮國府兩大家族的潑辣，

〔註28〕 康來新，〈雪裡的金簪——從命名談「薛寶釵」〉，《石頭渡海——紅樓夢散論》（臺北：漢光文化事業公司，1985年2月），頁221～229。

〔註29〕 陳益源，《王翠翹故事研究》（臺北：里仁書局，2001年12月，頁157）提到：「林辰肯定《金雲翹傳》中人物性格的發展與變化，……妒忌冷酷的悍婦宦氏「可以說是《紅樓夢》中王熙鳳的雛型；如果說這一藝術形象遠不能比明面一團火、暗地一把刀的王熙鳳，那麼這一藝術形象的影子至少是在《紅樓

都令鬚眉大歎不如，但看柳如是在周家與錢府的表現，一樣精彩，連陳寅恪也不禁如此讚歎：

> 河東君在周道登家爲群妾所譖，幾至殺身，賴周母之力得免於死。觀牧齋〈梁母吳太夫人壽序〉可證河東君與慎可母之關係，與應付周旋念西母者，正復相同。河東君善博老婦人之歡心一至於此。噫！天下之「老祖宗」固不少，而「鳳丫頭」豈能多得者哉？牧齋之免禍，非偶然也。（《柳如是別傳》，頁916）

更何況，牧齋之免禍，是由於「人情」，而不由於「金錢」，陳寅恪指出牧齋爲「脫黃毓祺案牽累」，並引葉紹袁《啓禎記聞錄》與計六奇《明季南略》的「重賄」與「用賄三十萬」，乃：

> 未悉牧齋當日經濟情況之揣測。茲略微載記，以證牧齋此時實不能付出如此鉅大數量之金錢，而河東君之能利用人情，足使牧齋脫禍，其才智尤不可及也。（《柳如是別傳》，頁918）

所以，也才讓錢謙益感動之餘，寫下〈和蘇子瞻御史臺詩韻六首〉，其序：

> 丁亥歲三月晦日，晨興禮佛，忽被急徵，銀璫拖曳，命在漏刻，河東夫人沉痾臥蓐，蹶然而起，冒死從行，誓上書代死，否則從死，慷慨首塗，無刺刺可憐之語，余亦賴以自壯焉，獄急時，〈次東坡御史臺寄妻詩〉，以當訣別，獄中遏絕紙筆，臨風闇誦，飲泣而已，生還之後，尋繹遺忘，尚存六章，值君三十懸悅之辰，長筵初啓，引滿放歌，以博如皋之一笑，并以傳視同聲，求屬和焉。

我們看到柳如是「沉痾臥蓐，蹶然而起，冒死從行，誓上書代死，否則從死，慷慨首塗，無刺刺可憐之語」，眞是令人豎指比讚的女中豪傑，連錢謙益都「賴以自壯」，詩中更充滿了既讚嘆又感佩的句子：

> 「慟哭臨江無壯子，從行赴難有賢妻」（第一首）
> 「肝腸迸裂題襟友，血淚模糊織錦妻」（第二首）
> 「並命何當同石友，呼囚誰與報章妻」（第三首）
> 「夢回虎穴頻呼母，話到牛衣更念妻」（第四首）

夢》中的王熙鳳和夏金桂之間晃動著。」（《明末清初小說初探》（瀋陽：春風文藝出版社，1988年3月），頁259。本文試圖指出柳如是的「精明幹練」爲王熙鳳之雛型，但陳益源則從「妒忌冷酷」的角度出發，說明「悍婦宦氏」亦爲王熙鳳之原型，提供讀者另一視野。

「墮落劫塵悲宿業，皈依法喜媿山妻」（第五首）

「後事從他攜手客，殘骸付與畫眉妻」（第六首）

這裏的「有賢妻」、「織綿妻」、「報章妻」、「更念妻」、「媿山妻」、「畫眉妻」始終是柳如是，而不是陳夫人，柳如是眞不負錢謙益知人之鑒，以國士待我，以國士報之。

今人藤井志津枝在〈西方人眼中的《一個藝妓的回憶》──「小百合」千代子的一生〉書評中指出：

千代子成爲「成功」的藝妓……其實她最大的成功是能順利地脫離爲眾多男人服侍的遊廓女子，成爲一夫侍奉的平凡婦人。一位藝妓奮鬥成功，爲的就是期待回復一般女人的身分罷了。〔註30〕

從古至今，秦淮歌舞的女子或日本文化的藝妓，苦苦追尋的正是翻身機會，畢竟在這種性產業文化領域中，只是金錢和虛僞情愛纏綿的世界，談不上女性性自主權，或女人尊嚴。

又，俞允堯在〈秦淮八豔傳奇〉一文中提及「凡熟知《紅樓夢》的人都會發現，晴雯是《紅樓夢》中寫得最爲動人的少女形象，可以說她和柳氏都是個性堅強，『心比天高，身爲下賤』者，是易被人們理解和同情的女性。其實，曹雪芹筆下的晴雯是參照柳氏塑造的」，他追溯其源，認爲是：

曹寅在題明末畫家程松圓的畫時，題詞流露出反對甲申（1644年）清軍入後對漢人血洗的情緒，對柳如是則表同情之意（1982年在鄭拓藏畫中發現），這對曹雪芹不無影響。〔註31〕

甚至又指出連書名《紅樓夢》都有可能是受到錢謙益〈春日早起〉的啟發。其詩云：「獨起憑欄對曉風，滿溪風水小橋東。始知昨晚紅樓夢，身在桃花萬樹中。」綜看柳如是的一生，眞的就像被塑造出的晴雯，康來新也言：

其實若論催淚，千紅一哭茶告別，唯晴雯而已。《紅樓》最精彩的篇幅幾乎盡歸這位心比天高的俏丫鬟：扇子任伊撕，雀裘由伊補，花神的聖職（七十八回），女兒誄的至文（七十八回），也都只屬於伊。

〔註30〕 本書以第一人稱「我」，「回憶」其一生：藝名「小百合」的千代子，孩童時期被騙賣到京都，很認命地努力熬成的奮鬥經歷。亞瑟・高登（Arthur Golden）著，林妤容譯，《一個藝妓的回憶》（臺北：希代，2001年6月），頁476。另外，文中「遊廓」指日本於十五世紀後半，爲安定封建正士政權體制所創設的公娼風化場所。

〔註31〕 俞允堯，〈秦淮八豔傳奇之二〉，《歷史月刊》第58期，1992年11月，頁70。

訣別時刻，寶玉爲伊人這一生所做的最後一件事竟是找茶奉茶（七
十七回）：壺不壺、碗不碗的膻氣，絳紅不成樣的一味苦澀，蘆蓆舊
衾褥的病危之人，卻如飲甘露，一氣灌下。寶玉心痛淚流不已，怡
紅院裡，晴雯何等嬌縱，挑這嫌那，……但人生的苦杯也只有嗚咽
嚥下認命了，苦水井的苦澀茶，心比天高的那一朵雲彩，留給多情
公子是無盡的空牽念（第五回）。〔註32〕

晴雯令多情公子「無盡的空牽念」，而柳如是則令人懷之詠之，她無法選擇自
己的出身，但力爭上游的精神卻不屈不撓，她一生的遭遇又比晴雯精彩多了，
從浮家泛宅的遊妓，輾轉青山綠水覓壻擇偶，一次又一次參與反清復明的活
動；最終卻遭人詆辱、結項自縊，分明非尋常女子所能受的打擊與橫逆，都
曾經發生在這位奇女子身上，儘管正史不爲其立傳，但她忠肝義膽的事蹟已
然萬世留芳。

四、小結

　　試看《聊齋》、《紅樓》、《柳如是別傳》三位作者的著述心態：蒲松齡（1640
～1715）在《聊齋・自志》中所謂「才非干寶，雅愛搜神；情類黃州，喜人
談鬼；聞則命筆，遂以成編。久之，……集腋成裘，忘續幽冥之錄；浮白載
筆，僅成孤憤之書，寄託如此，亦足悲矣！」〔註33〕曹雪芹（1715～1763）
在《紅樓夢》言「滿紙荒唐言，一把辛酸淚。都云作者痴，誰解其中味？」
陳寅恪（1890～1969）在《柳如是別傳》之末更書寫：

此俱錢柳死後，有關考證之材料，故並錄之。草此稿竟，合掌說偈
曰：「刺刺不休，沾沾自喜。忽莊忽諧，亦文亦史。述事言情，憫生
悲死。繁瑣冗長，見笑君子。失明臏足，尚未聾啞。得成此書，乃
天所假。臥榻沉思，然脂瞑寫。痛哭古人，留贈來者。」（《柳如是
別傳》，頁 1250）

所謂「亦足悲矣」、「一把辛酸淚」、「痛哭古人」，蒲、曹、陳三氏可謂「萬『男』
同悲」；再從「臥榻沉思，然脂瞑寫」一詞，可知陳寅恪和脂硯齋主，都在作
評解《紅樓夢》的類似工作，而這部《柳如是別傳》之於他，正如《周易》

〔註32〕 同註23。
〔註33〕 王士禛，「姑妄言之妄聽之，豆棚瓜架雨如絲。料應厭作人間語，愛聽秋墳鬼
　　　　唱詩。」此詩可謂深得蒲氏作《聊齋志異》的苦心。

之於西伯、《春秋》之於仲尼、《國語》之於丘明、《離騷》之於屈原、《兵法》之於孫子、《史記》之於太史公或《西廂記》之於金聖嘆〔註34〕等等，皆為古往今來的天才卓異之士發憤之作。劉夢溪也指出明末和清中葉，是不同的文化時代。但是：

> 《聊齋》和《紅樓夢》同一背景，一寄之於孤鬼，一寄之於世間不
> 會有的「大觀園」，而大觀園的設置，恰合于「非閨房之閒處，無禮
> 法之拘牽」的規定情境。乾隆時期作者的理想人物與理想環境，實
> 明末東南一隅所必有。因此《聊齋》或《紅樓夢》的研究者，如認
> 爲兩書中所寫有明末實在人物的影象，不應算作無稽之談。〔註35〕

陳寅恪用此比較反證法，闡明河東君其人其事的歷史時代意涵，最後歸結爲南北社會風氣的不同，雖托之於文學形象，以狐女喻人，落腳點仍在社會歷史環境中，終不脫以詩文證史和反過來用歷史來釋證詩文的史家眼光。而《紅樓夢》中，不論是書名、孤女意識、字號、處事手腕、身世遭遇，都能看到柳如是的身影。柳如是的形象伴隨著作者，成爲作者的精神自傳，其「自由之精神，獨立的思想」，也就一脈相傳了。

〔註34〕「痛哭古人，留贈來者。」典出金批《西廂》之序名。
〔註35〕劉夢溪，〈「借傳修史」——陳寅恪與《柳如是別傳》的撰述旨趣〉，頁14～15。

下編：「柳如是」論述
——以文物、題詠、小說戲曲爲中心

陸、小像文物——摩挲不厭晴窗對，
似結三生未了因

一、前言

　　柳如是不僅與當世文人妓媛來往，也藉其流傳下來的摹像（參見圖片頁
19～38，柳如是像 1～21）用具等文物（參見圖片頁 39～40），與後人結文字
緣（參見圖片頁 41～57，題詠文字錄自圖片頁 23：柳如是像 5）。其中寫真部
分，版本甚夥，獨立爲一節討論；繼之以其他文物，共成本文。

二、小像摹本流傳

　　膾炙人口的秦淮河畔，明清之際特有的國士名姝情誼，名妓的吸引力是
不可或缺的要素。她們除了要有嬌美的容貌身姿、高雅的氣質風度，以及善
於營造藝術氛圍的能力外，更重要的是要有過人的膽識、高尚的人品，以及
厚德載物的胸襟。《菽園贅談》中記載：「甲申流寇李自成陷燕京，事急，顧
（媚）謂龔（芝麓）若能死，己請就縊。龔不能用，有愧此女矣。」顧媚的
舉動，與柳如是何其相似，名妓的人品氣節，皆超過顯宦名流。《青樓小名錄》
轉引袁枚的一段評論道：「明秦淮多名妓，柳如是、顧橫波尤其著者也，俱以
色藝受公卿知。而知適錢、龔兩尚書，又都少夷齊之節。兩夫人皆禮賢愛士，
俠骨嶙峋，閔古古（爾梅）被難，夫人匿之側室，卒以脫禍。」可見明末清
初名妓中的翹楚者不僅以色藝揚名，且以人品氣節感動凡心，故能贏得社會
敬重、名垂青史。袁枚更有〈題柳如是畫像〉：

生綃一幅紅粧影，玉貌珠冠方繡領，眼波如月照人間，欲奪鸞篦須絕頂。
懷刺黃門悔誤投，遺珠草草尚書收，黨人碑上無雙士，夫壻羣中第二流。
絳雲樓閣起三層，紅豆花枝枯復生，斑管自稱詩弟子，佛香同侍古先生。
勾欄院大朝廷小，紅粉情多青史輕，扁舟同過黃天蕩，梁家有個青樓樣。
金鼓親提妾亦能，爭奈江南不出將，一朝九廟煙塵起，手握刀繩勸公死。
百年此際盍歸乎，萬論從今都定矣，可惜尚書壽正長，丹青讓與柳枝娘。

（錄自費念慈抄本）

「勾欄院大朝廷小，紅粉情多青史輕」是全詩最警醒之聯，對錢謙益非常無情的諷刺，可惜他貪生怕死不肯殉節，反而讓柳如是美名流傳青史。詩中描述她力勸錢謙益自殺以殉明朝──「一朝九廟煙塵起，手握刀繩勸公死。」及暗中進行抗清復明等事情──「扁舟同過黃天蕩，梁家有個青樓樣。金鼓親提妾亦能，爭奈江南不出將。」熱情讚揚她作爲一個紅粉女子，卻能有如梁紅玉一般的氣節，只可惜江南缺少韓世忠這一類不怕死的名將。只是所遇非人──「懷刺黃門悔誤投」，就算兒女情長──「紅粉情多」，卻被青史看輕，反正「萬論從今都定矣」。此詩出於名人袁枚，所以傳唱不休，「丹青讓與柳枝娘」最常被引用，如江家琚：「眉間誰掩少年狂，花月其人詩亦昌。有學鉅編能比價，丹青讓與柳枝孃。」〔註1〕

而柳如是的面貌究竟如何？參見圖片頁33：柳如是像15，應可感受到「意態幽嫻，豐神秀媚，幀幅間幾栩栩欲活。」但身材如何呢？從坐像、半身像、立像考察，則無從窺知，但依據錢謙益〈有美一百韻晦日鴛湖舟中作〉的記載：「纖腰宜蹴踘，弱骨稱鞦韆。天爲投壺笑，人從爭博顛。」「凝明矙亦好，溶漾坐堪憐。薄病如中酒，輕寒未折綿。清愁長約略，微笑與遷延。」則可說是一位纖弱嬌小型的美人兒。顧苓〈河東君傳〉也記載：

爲人短小，結束俏利，性機警，饒膽略。

鈕琇《觚賸‧河東君》則曰：

丰姿逸麗，翩若驚鴻，性獧慧，賦詩輒工。

雪苑懷圃居士錄《柳如是事輯》：

身材不逾中人，而色甚艷，冬月御單袂衣，雙頰作朝霞色。

〔註1〕江詩轉引自谷輝之輯，《柳如是詩文集》（上海：上海古籍出版社，2000 年 10 月），頁 289。

圖文並重的傳記史料文學研究，恐怕是學界新興的研究議題。〔註2〕至於流播
已久的畫像，周采泉有過初步整理〔註3〕：

> 一、《柳夫人勘書圖》，繪者何人不詳，爲無錫趙氏舊藏（即河東君
> 壻趙管微仲自錢家得來）。「其容瘦小，而意態幽嫻，豐神秀媚，
> 幀幅間幾栩栩欲活。」有自跋數語。容希白（庚）先生《論〈列
> 朝詩集〉與〈明詩綜〉》一文引《牧齋遺事》第 982～983 頁。
>
> 二、黃秋士寫像，黃秋士始末待考〔註4〕。
>
> 三、劉德之照黃秋士本，劉德之始末待考。
>
> 四、顧云美畫像，顧云美作圖並徵題詠，眞跡現藏瀋陽故宮博物院。
>
> 五、程嘉燧〔註5〕畫河東君行香子，今不知流落何所？
>
> 六、馮超然得柳如是小像，半身便服，豐神絕世，上有沈歸愚、趙

〔註2〕 例如鄭文惠《詩情畫意》、毛文芳《物、性別、觀看——明末清初文化書寫新
探》、衣若芬《鄭板橋題畫文學研究》、《蘇軾題畫文學研究》等論著，都已探
討繪畫與文學的關係；而中興大學第五屆「通俗與雅正」學術研討會（2004
年 10 月 15～16 日）即以「文學與圖像」爲主題。

〔註3〕 周采泉，《柳如是雜論》（江蘇：江蘇古籍出版社，1986 年 1 月），頁 102～103。

〔註4〕 二○○四年十一月十八日，筆者訪談政大中文系張壽平教授，得張教授惠賜專
文，特錄於下：「今知黃鞠（1796？～1860）字秋士，松江人，僑寓蘇州，曾
畫莫愁。蘇小小等像，均有石刻。見《桐陰論畫》。畫柳如是像之黃秋士，必
爲黃鞠無疑。今附《中國美術家人名辭典》所載於下：
黃鞠（一七九六？～一八六○）〔清〕字秋士，號菊癡，松江（今屬上海市）
人，僑寓吳門（今江蘇蘇州）。善山水及花卉，迥出時畦，獨標勝韻。蓋得力
於惲壽平、王翬居多。亦工人物、士女，尤精製圖。布置熨貼，寓整秀於荒逸
之中，斯爲獨絕。花卉能巨幀，大葉瀚枝，爾有神趣。陶澍撫吳，修滄浪亭成，
諸畫家繪圖，俱不當意，獨鞠圖爲陶稱賞，延之幕中。又畫惠山全圖及補聽松
廬竹罏圖，亦爲陶所賞。嘗寫莫愁、蘇小小等像，均有石刻。道光五年（一八
二五）作楓枝小鳥圖，兼長篆刻，並善詩畫，筆姿秀逸。著湘華館集。卒年六
十餘。「楓涇小誌、墨林今話、桐陰論畫、廣印人傳」。
黃鞠所畫柳如是像，當亦如其所畫莫愁、蘇小小像，同爲世人所共賞，故其後
有「劉德之照黃秋士本」及費念慈《題黃秋士畫河東君小像》之詩。」

〔註5〕 「河東君行香子」即今所謂「行樂圖」，但據陳寅恪考證：「松圓遺墨之最有價
值者，實爲有關河東君及本人之作品。觀第貳首原注，則又知孟陽當日爲河東
君畫像並自書縅雲詩於扇上，以贈河東君。河東君尚藏此扇，而牧齋獨見及之
也。第伍首云：「細雨西樓墊角巾。」者，孟陽流寓嘉定時，居汪無際墊巾樓，
前已論及。吳巽之索題之扇，不知何時所畫。至於縅雲詩扇，雖亦非孟陽居此
樓時所作，但「西樓」二字，當從晏小山〈蝶戀花〉「別恨」詞「醉別西樓醒
不記。春夢秋雲，聚散眞容易。」而來。晏氏之詞本綺懷之作，亦正與〈縅雲
詩〉情事相類，可預借用也。」（《柳如是別傳》，頁 226～227）

甌北題詩。超然裝裱成卷，更請葉遐庵、冒疚齋、夏劍丞、俞粟廬等數十人題之。超然病劇，將是卷付其弟子袁安圃珍藏。歲癸卯，安圃在香港遭車禍死，此卷不知散落何處矣（見《藝林散葉》3334 條）。

七、〔清〕余秋室（蓉裳）白描「柳如是初訪半野堂小像」最爲世稱道。第 446 頁臨摹者亦較多，有神州國光社影印本。余秋室事跡詳蔣寶齡《墨林今話》卷七及秦祖永〈續桐陰論畫〉等，余固乾隆間之大名家而兼大畫家也。

八、〔清〕管湘玉摹河東君像石刻，原刻在河東君墓碣上，今佚。

九、近人杭州高絡園（繹存）摹余秋室本，又儒服本及便裝本各一幅。後一幅即費趨齋（念慈）所稱「劉德之照黃秋士本」，當必有所承襲也。

十、並聞葉遐庵（恭綽）有《訪墓圖》，未見。

編號七提到余秋室的「臨」與「摹」，指的是書畫中均靠原本爲依據。臨者，乃參考原作的筆法、構圖、款式諸項追求其筆墨韻致，即「觀其形勢而學之」。「摹」，一作「橅」、「模」，乃效法之意。〔北宋〕黃伯思《東觀餘論》卷上談法書摹製：「『摹』：謂以薄紙覆古帖上，隨其細大而拓之，如摹畫之摹，故謂之摹，又有以厚紙覆帖上，就明牘景而摹之，而謂之響拓焉。」〔註6〕二者往往爲明清以來書畫家所混淆，致使遺留下來各種錯覺，造成諸般假象沿襲至今。

又如編號一，可參見圖片頁 33～34 的二幀坐像（柳如是像 15、16）（雖非文中所述的眞跡，然描繪「勘書」景致相似）。編號九的高絡園摹本可見圖片頁 20：柳如是像 2、圖片頁 30：柳如是像 12。另外，一九五七年一月，中山大學中文系因舉辦會議，夏承燾與陳寅恪有一段詩詞唱和之緣。夏承燾寫了一首七律贈與陳寅恪，其中的第六句「紅豆燈邊夜課長」是欽佩陳寅恪日夜辛勤研治「錢柳因緣」。據王起（季思）回憶：

〔註 6〕轉引自楊仁愷，《中國書畫鑑定學稿》（臺北：蘭臺，2002 年 1 月），頁 144。作者將黃氏解釋「摹」的兩種技術操作講得非常清楚：「一是較自由的方法，以薄紙絹在原跡之上，利用其較透明的特點，用一系列連續的單線筆畫徐疾均速地描摹原作形態，彷彿是自己創作畫面；一是比較機械的方法，利用較厚的紙覆在原作上，將其貼在明亮的窗口處，利用透明的光線把原作的字畫投影在蓋的紙上，摹者以細微的線條勾出，重在毫髮必現，然後再填充墨色，完成摹製過程，古人稱這種十分精確的複製方法爲『廓填』或『響拓』。

　　夏承燾在中大訪問期間，無比欽慕陳寅恪仍著述不輟，曾畫了一幅
柳如是的畫，王起將畫送上樓交唐篔請陳寅恪題詩。陳寅恪題了一
首詩，唐篔將詩錄在畫上送回樓下。後來這幅陳、夏、唐三人合璧
之作，毀於「文化大革命」。〔註7〕

這幅畫像既已毀之，但可參看是圖片頁 31：柳如是像 13：立像四，只是圖上
未見陳寅恪之題詩，容俟後考。倒是夏承燾有〈清平樂〉，茲錄於下：

　　量情潭水，百幅桃箋字。紅豆吟成春換世，惆悵美人心事。　　　楊
娃墳草淒迷，玉岑夜夜鵑啼。此是湖山缺憾，蘼蕪不葬蘇堤。尺牘第
三第六通，皆及楊雲友之歿。雲友墓在葛嶺。〈清平樂〉俚詞，奉求野侯先生正之。

　　夏承燾（錄自張宗祥鐵如館鈔本）

再者，筆者發現文獻上尚有柳如是畫像的記載，而且應當區分爲：（一）畫家
與（二）收藏家、收藏處兩大類別。爲清眉目，重新整理如下：

（一）畫家

　　1. 黃秋士、2. 劉德之、3. 顧云美、4. 程嘉燧、5. 余秋室（蓉裳）、6. 管
湘玉、7. 高絡園、8. 陸澹容、9. 秦敦甫、10. 高時顯‧高野侯〔註8〕、11. 雪
庵〔註9〕、12. 呂海山〔註10〕、13. 雲間畫史碩吳硯生〔註11〕、14. 余侶梅〔註12〕、

〔註7〕陸鍵東，《陳寅恪的最後貳拾年》（北京：生活‧讀書‧新知三聯書店，1995
　　　年12月1版1刷，1996年7月1版3刷），頁194。
〔註8〕袁思亮〈念奴嬌〉一首：「汪郎無命，恨當時不與，蘼蕪爲主。篋裏音書湖上
　　　草，檢點歡悰非故。刻骨鑴恩，銷金鑄淚，總是相思據。一封遙寄，斷腸知有
　　　人妒。　　誰信閑語閑言，都將燒卻，梨棗災斤斧。翻勝絳雲他日厄，留得菭
　　　華片羽。拂水巖前，玉岑山畔，憑弔空黃土。未灰心事，替伊添畫眉嫵。野侯
　　　摹如是小像，裝卷端。」（谷輝之，《柳如是詩文集》，頁259）
　　　江家琚：「眉間誰掩少年狂，花月其人詩亦昌。有學鉅編能比價，丹青讓與柳
　　　枝孃。」野翁見告，求此書不易，另摹得河東君象。因憶子才之詩，爲進一解。
　　　（谷輝之，《柳如是詩文集》，頁262）
〔註9〕參見圖片頁52：題詠十四之書法：懶雪庵臨一副本。
〔註10〕陳文述〈題錢牧齋柳如是冬山倡和小像。呂海山作，顧云美跋。東山，半野
　　　堂後土山也。亦伯生所藏，乙酉年題。〉《頤道堂詩選》，道光戊子刊本，卷
　　　二十九，頁27～28。（周書田、范景中輯《柳如是事輯》（杭州：中國美術學
　　　院出版社，2002年3月），頁139。按：以下多次轉引此書，直接標明頁碼）
〔註11〕陳文述〈昔年在晨霞樓觀雲間畫史吳硯生寫河東君訪半野堂像，曾爲題詩二
　　　首，久失其稿，頃檢殘畫，偶得此幀，因錄存之〉，《頤道堂戒後詩存》，道光
　　　戊子刊本，卷十，頁39。（周、范輯《柳如是事輯》，頁143）
〔註12〕鄧之誠〈柳如是巾帽鏡〉，《骨董瑣記》，民國十五年排印本，卷七，頁12。
　　　鏡背銘曰：「官看巾帽整，妄映點妝成。照日菱花出，臨池滿月生。」其旁刻

15. 改琦〔註13〕、16. 吳縣顧子長〔註14〕、17. 張宗祥〔註15〕、18. 夏承燾、
19. 朱鶴年〔註16〕、20. 吳焯〔註17〕、21. 禹之鼎〔註18〕、22. 張船山〔註19〕、
23. 畢琛〔註20〕、24. 曹大鐵〔註21〕、25. 周書田〔註22〕。

「蘼蕪」二篆文，極遒勁。中爲夔螭，刻畫飛動。小折疊架上，刻「絳雲樓印」四字。查初白有《巾帽鏡詩》，即賦此也。此鏡道光中爲余侶梅所得，并模河東巾帽像，宗滌樓有長歌詠之。載《躬恥齋詩抄》。（周、范輯《柳如是事輯》，頁55）

〔註13〕〔清〕改琦河東君小景卷庚七圖絹本，高七寸五分，長五寸。
河東君小景改琦七㸌畫印白文改琦朱文跋紙高五寸八分，長五尺五寸。（周、范輯《柳如是事輯》，頁68）

〔註14〕齊學裘撰《見聞隨筆》，同治十年天空海闊之居刊巾箱本，卷二十四，頁九至十：吳縣顧子長自號棱伽山民，好吟詠，喜禪悅，尤工六法，能畫丈餘松柏，梅石、人物、山水，纖細皆精，劉彥沖之高足也。庚申之變，子長避地閩中，以醫學見知於某中丞，延之節署。賊滅回吳，重理舊業。同治十年辛未之春，余游吳門，館於竹虛刺史安得廣廈，復識子長爲余畫《竹柏芝石圖》、《還山圖》等幅。余題其《宮姬調琴圖》、《古柏圖》、《蛇捕蟲圖》、《柳河東小像》。詩錄於後。〈題顧子長繪柳河東小像〉：「貪生者不生，樂死者不死。打破生死關，靈光照千祀。昔日章臺柳，依依實可憐。如何歷冰雪，高節竟參天。巾幗愧鬚眉，從容成大節。優鉢現曇華，清潭印皓月。」（周、范輯《柳如是事輯》，頁78）

〔註15〕參見圖片頁37：柳如是像20。
予所見河東君像凡四，皆小圓臉，與卞玉京相類，而橫波、圓圓則皆廣額長圓臉。野侯兄借人所摩三像，獨入道一象，與予前所見諸象爲近。野兄早作古人，此書後人仍能珍惜。己亥冬，假得錄副本，摹三圖，老眼老筆，作此創舉，可笑也。　己亥冬至前四日，海寧張宗祥呵凍摹，時年七十有八。錄自手跡，據陳寅恪舊藏《柳如是尺牘》《柳如是詩》合裝鈔本，無頁次。（周、范輯《柳如是事輯》，頁79）

〔註16〕參見圖片頁23：柳如是像5：半身像五。

〔註17〕參見圖片頁33：柳如是像15：坐像一。

〔註18〕參見圖片頁34：柳如是像16：坐像二。
禹之鼎（1647～1716），字尚吉，一作上吉或尚基，號慎齋，江蘇江都人。康熙間供奉內廷，任鴻儒寺序班。善人物仕女，尤工肖像，多作白描，不襲李公麟之舊，而用蘭葉描寫衣紋，兩觀微用脂赭暈染，娟媚古雅，爲康熙時名手，推爲「第一」。

〔註19〕張雲驤，〈清平樂・張船山先生摹河東君小像，爲伯希供奉題〉，《冰壺詞》，光緒十二年刊本，卷二，頁9。

〔註20〕吳騫，〈賀新郎・梅史以河東君小像見遺，奉酬一闋。像爲虞山畢琛臨〉，《萬花漁唱》，嘉慶十七年刊《愚谷叢書》本，頁9至10。

〔註21〕二〇〇四年十一月十八日，筆者訪談張壽平教授，得張教授惠賜專文〈跋常熟曹大鐵摹「河東君初訪半野堂」畫影本〉，此文請看本書〈附錄二〉。

〔註22〕參見圖片頁22：柳如是像4：半身像四。畫中題爲「河東君小影，」但說明文字爲「柳如是像，周書田摹自鐵琴銅劍樓所藏舊跡。」

（二）收藏家、收藏處

1. 柳隱趙管、2. 馮超然、3. 袁安圃、4. 葉退庵、5. 鐵琴銅劍樓〔註23〕、
6. 昭文署樓〔註24〕、7. 梵福樓〔註25〕、8. 無礙居〔註26〕、9. 郭頻伽〔註27〕、
10. 范小湖崇階〔註28〕、11. 任友濂丈艾生〔註29〕、12. 徐紫珊、13. 祝少英
〔註30〕、14. 王志靜〔註31〕、15. 莊思緘〔註32〕、16. 吳梓山大令〔註33〕、17.

〔註23〕 參見圖片頁 22：柳如是像 4：半身像四。題中題爲「河東君小影，」但說明
文字爲「柳如是像，周書田摹自鐵琴銅劍樓所藏舊跡。」

〔註24〕 黃樹苓，〈石刻河東君像傳跋〉：「嘉慶甲戌之秋，樹苓省家大人于昭文官舍，
即錢宗伯舊第也。東偏有樓半楹，懸河東君出訪半野堂小像，幅巾道服，神
情奕奕，有林下風。樓蓋其殉節處。當乙酉之變，君嘗勸宗伯死，其說出諸
宗伯。及觀君從容赴義，了然於死生之際，則宗伯之言信矣。因檢篋中顧云
美所撰《河東君小傳》，勒石陷置壁間，以表君志節云。」（谷輝之，《柳如是
詩文集》，頁 253）

吳清學，〈昭文署樓懸有柳如是夫人像，人不敢啟。賦此以誌欽仰〉，《小西山
房遺詩》，吳清鵬輯《吳氏一家稿》叢書，咸豐五年錢塘吳氏刊本，第二頁：
「昔是尚書第，今爲縣令堂。婦人能殉國，斯土亦生香。樓上遺容在，階前
久立望。最憐吳郡誌，不敢姓名詳。」（周、范輯《柳如是事輯》，頁 199）

〔註25〕 歸懋儀，〈題梵福樓所藏柳如是畫像〉，《繡餘續草》，道光刊本，卷三，頁 14
至 15。（周、范輯《柳如是事輯》，頁 158）

〔註26〕 吳昌綬，〈題無礙居所收柳夫人象，是傳摹余秋室本，與絳樓印拓同裝〉，《松
鄰遺集》，民國己巳刊本，卷八，頁 7。

〔註27〕 陳去病，《五石脂》，收於《江蘇地方文獻叢書：丹午筆記、吳城筆記、五石
脂》（江蘇：江蘇古籍出版社，1988 年 8 月），頁 359：「柳夫人風流放誕，嫵
媚絕世。一時思慕者眾，爭圖形貌，頗有團扇放翁之致。吾鄉郭頻伽先生，
曾藏有河東君小影一幅，係吳江閨秀陸澹容所描。長不滿尺，而眉目意致，
生動自然，以爲必有所本。又范小湖崇階，亦有一幅，曾屬頻伽題詞其上。
據云圖衹半身，披紗幅巾，而清目秀眉，屬輔承歡，與澹容本無異。後秦敦
甫見之，竟臨一冊而去。予家居時，任友濂丈艾生亦爲予言，有河東君小像
卷子，題跋甚眾，顧及寶貴，不肯眎人。究未知其爲何如也。」

〔註28〕 同前註。

〔註29〕 同前註。

〔註30〕 祝君少英得徐紫珊藏河東君像卷，郋亭夫子屬徐君翰卿，覓畫工重撫，命錄
原卷題詠於後。　辛丑六月費念慈。（谷輝之，《柳如是詩文集》，頁 268）

〔註31〕 周文禾〈題河東君像〉，序中言：「象爲顧云美苓所寫，並繫以傳。上海王志
靜茂才安出以見示，爲題十絕句錄四。」（周、范輯《柳如是事輯》，頁 146）

〔註32〕 孫雄，〈題河東君初訪半野堂小景，以「堂」字爲韻，七絕五首。余秋室畫，
莊思緘屬題〉七絕五首，《詩史閣壬癸詩存》，民國十三年排印本，補遺，頁 5。
（范景中輯，《柳如是事輯》，頁 147）

〔註33〕 參見圖片頁 23：題詠三：「梓山尊兄詩家以所藏河東君小像屬題，即正。許振
禕」。另，圖片頁 23：題詠四：「海鹽吳梓山大令以家藏朱野雲所摹柳如是小

秋塘張丈〔註34〕、18. 常賣〔註35〕、19. 瞿鳳起〔註36〕、20. 李小涵〔註37〕、
21. 張雲驤〔註38〕、22. 李葆恂〔註39〕、23. 伯希供〔註40〕、24. 梅史〔註41〕、
25. 張壽平〔註42〕、26. 康師來新。

　　另外，值得注意的是李葆恂〈河東君儒服半身像〉一文有如下之記載：

　　吳梓山大令藏有河東君儒裝半身小像一幀，後以貽余。像係朱野雲
　　摹本，上有吳山尊太史題詩云：「山斗聲名亦枉然，絳雲只合化蒼煙。
　　綺年似有先知在，名字先添一指禪。」「閨閣齊名玉一班，一雙家園
　　淚潸潸。眉生卻先尚書逝，誰信紅顏耐歲寒？」兩絕頗佳。其後許
　　仙丈、黎唒園、康麥生暨易中實、程子大諸君並有題詠。予亦集虞
　　山句得八絕題之，中有二首云：「洞房銀燭辟輕寒，歷歷殘棋忍重看！
　　攬鏡端詳應自喜，爲他還著漢衣冠。」「秋風紈扇是前生，坐看人間
　　滄海更。今日何期見此本，敢將平視抵劉楨。」頗爲諸君所許。

〔註34〕　景見示，並索題詞。上有全椒吳山尊先生舊題兩絕。乾嘉老輩，倜儻風流，
　　　　正如崔灝題詩，何敢率爾追步。爰集虞山詩得八絕句應屬，河東有知，當臨
　　　　風一笑也。紅羸山人李珣」（按：紅羸山人之「羸」應爲「贏」，此依原作。）
　　　　彭兆蓀，〈河東君小影〉：「憶乙卯嘉平，秋塘張丈示河東君小影，卷首蒙叟自
　　　　題，亂梅數株，【河】東君徘徊花下，旁有小姬捧觴侍。繪疑年月、題詞則忘
　　　　之矣。顧云美作隸書傳後，有歸愚尚書題絕二首。甫購定，爲有力者攫去。
　　　　蓀復見初訪半野堂像，與前卷彷彿，惟兩頤稍豐腴而已。追撫往事，如在目
　　　　前。上鐫「畫眉」二篆字，傍有楷書「門人吳聞詩上牧翁老師眞賞」。并書之
　　　　以記一時之翰墨緣。」錄自蟬隱廬傳鈔本，散葉，無書名頁次。（周、范輯《柳
　　　　如是事輯》，頁 77）

〔註35〕　瞿鳳起《中華文史論叢》，一九八二年，第一輯，頁 123：
　　　　柳如是圖像一幀，原有題記，錄如下：「歲庚寅，柳夫人墓被發，逾數月，鹿
　　　　門居士西郊祭掃，過而見之，亟飭工畚築重封。歸即於常賣家得夫人畫像，
　　　　尚係嘉慶時從眞容所摹之本也，詎非冥爽所式憑歟？感嘆記之。己酉孟秋，
　　　　略約長翁。題記所云庚寅，爲公元一九五○年。瞿鳳起識。」（周、范輯《柳
　　　　如是事輯》，頁 79）

〔註36〕　同前註。

〔註37〕　葉名澧，〈柳如是畫象李小涵刑部景曾所藏〉七律一首，《敦夙好齋詩續編》
　　　　卷六頁 26。（谷輝之，《柳如是詩文集》，頁 256）

〔註38〕　張雲驤，〈清平樂·張船山先生摹河東君小像〉，爲伯希供奉題詞一闋，《冰壺
　　　　詞》，光緒十二年刊本，卷二，頁 9。

〔註39〕　《舊學盦筆記》，民國五年李放刊《義州李氏叢刻本》，頁 321。

〔註40〕　參見註 19。

〔註41〕　參見註 20。

〔註42〕　參見圖片頁 24：柳如是像 6：半身像六：河東君初訪半野堂小像，錄自朱淡
　　　　文《二十四才女傳》。另，此圖之題詠說明參見本書〈附錄二〉。

文中所提的畫像，極有可能是圖片頁 23：柳如是像 5：半身像五（河東君小
像　海陵朱鶴年摹）。其中：

　　「許仙丈」見圖片頁 43：題詠三

　　「黎啯園」見圖片頁 47：題詠九

　　「康麥生」見圖片頁 47：題詠八

　　「程子大」見圖片頁 49：題詠十一

　　「予亦集虞山句得八絕題之」見圖片頁 44：題詠四

　　此畫像爲康來新教授所藏，唯一令人不解的是卷中署名爲「李葆珣」，而非
「李葆恂」〔註43〕。古今名人字畫辨別眞僞應該根據紙（或帛、綿、綾）材質

〔註43〕　原畫件署名皆爲「李葆珣」（參看圖片頁 51：題詠十三）然而，查閱「李葆恂」
　　　　的資料（鄭偉章，〈李葆恂〉，《文獻家通考》下冊（北京：中華書局，1999
　　　　年 6 月），頁 1247～1249。爲：「李葆恂，原名恂，字寶卿，號文石，又號叔
　　　　默、猛庵、戒庵，別署老髡、髡道人、髡翁、熙怡叟、紅螺山人、孤笑老人。
　　　　辛亥後更名理，字寒石，直隸義州（今河北易縣）人，河南巡撫、浙閩總李
　　　　鶴年之三子，李放之父。生於咸豐九年，卒於一九一五年八月，年五十七。
　　　　官直隸道員，端方薦應經濟特科不赴，後調充湘鄂兩岸淮鹽督銷局員。辛亥
　　　　避居南宮，後就醫天津，與吳重詩詞相酬唱。工詩善書，天文、輿地、繪畫
　　　　無所不究。有《紅螺山館詩鈔》、《紅螺山館遺詩》、《津步聯吟集》、《三邕翠
　　　　墨簃題跋》、《擊楫集》一卷、《猛庵文錄》二卷、《猛庵雜著》二卷、《歸學庵
　　　　筆記》一卷、《讀水經注志疑》等。精鑒賞，於金石摹刻、法書名畫，別其眞
　　　　贗，等差其優劣，獨具神解。專心嗜學，淹貫古今，金石書畫精鑒獨眞，世
　　　　推爲北學第一。同治初，隨侍其父於河滿撫署偶園，慕像『皆風雅好事，以
　　　　賞鑒相高』，葆恂與之『文酒相會，別出所藏評騭以爲誤樂。』其藏書及金石
　　　　書畫處爲『無益有益齋』，取張彥遠《歷代名畫記》『不爲無益之事，曷以悅
　　　　有涯之生』、陳後山詩『晚知書畫有益，卻悔歲月來無多』之意。又有歸學庵、
　　　　紅螺山館、偶園、三邕翠墨簃。藏印有『李印葆恂』白方、『義州李葆恂猛庵
　　　　印信』、『子恂』、『文石所藏』、『李葆恂文石印』、『猛庵讀書記』、『慕爲書畫
　　　　學博士之官』、『無益有益齋』、『猛堪』朱圓等。」
　　　　再察看其他圖片：
　　　　圖片頁 44：題詠四　紅贏山人李珣　文石
　　　　圖片頁 51：題詠十三　光緒二十一年歲在乙未十月望日　紅螺山人李葆珣
　　　　文石題跋
　　　　原件上皆署爲「珣」，與出版品的記載的資料有明顯差距，相符的只有「文石」
　　　　和「紅螺山人」：
　　　　圖片頁 47：題詠八　光緒壬午九秋爲紫珊仁兄題所弄柳夫人圖像，文石集牧
　　　　齋詩，書其顚，展卷輒覺有崔顥題詩之懼。　麥生康曾定」
　　　　圖片頁 48：題詠十　紅贏主人屬題
　　　　或有可能晚年另又改名，且這幀圖上亦標明「光緒二十一年」，此點仍待考證。
　　　　今錄張壽平先生意見〈李葆恂本名、改名試測〉一文於本書〈附錄二、縵盒三文〉。

的相關年代、墨色、印泥油色、用筆習慣、設計方式、裝裱工藝等因素加以鑒別。真正的古董珍玩字畫都具有唯一性和不可複製性,這種特性決定了它的價值,但相對也促使贋品製造者或販賣者大發利市。因本文重點並非考證畫跡真偽,故目前只陳述疑點所在。但若從「接受觀點」來看,其摹本無論是真是假,反而都顯示「柳如是」受到文人與畫家,甚至商家與一般民眾的青眼以對。

柳如是目前可見的畫像如圖片頁 19~38,暫區別為:半身像、立像、坐像、入道像。其中最為大家所熟悉的應該就是余秋室所繪的「河東君初訪半野堂小景」(參見陳寅恪《柳如是別傳》),畫中的臉(柳如是像 1~8 圖片頁 19~26)是七分側面,給人一種孤傲之感,而不在坐落正前方的視覺焦點,營造出一種內在封閉的自戀空間,拒絕他人進入;畫中人的視線轉向畫外,由於避開了與觀眾對看的視線交流,觀者可以毫無顧忌地觀看,女性側像〔註44〕以及眼神的方向,提供了一個完全被凝視的景觀。柳如是的面貌能否稱得上風華絕代,恐怕是見仁見智,但不可否認的是其深情凝睇,讓這張容顏變成迂迴複雜的時間網絡,讓圖畫本身超越死亡,成為不朽。

三、文物風華再現

再如圖片頁 40 的「柳河東夫人題銘書畫硯」,真假莫辨,硯背下方刻有:「片石玲瓏最可人,琉璃匣貯靜無塵。摩挲不厭晴窗對,似結三生未了因。紅豆老人為河東君題。」雖然從硯背上的文字風格(「端淑靜默,藝苑良友。

〔註44〕 毛文芳,《物・性別・觀看——明末清初文化書寫新探》(臺北:學生書局,2001 年 12 月),頁 294 提到:「女性畫像牽涉的問題其實並不單純,不僅是誰畫的?要畫誰?畫像內容傳遞了什麼訊息?需費心尋思。以描寫類型而言,有仕女畫、肖像畫、百媚圖、春宮畫等,被描畫的女子有的是歷史著名的女人(包括才女、閨秀、歌妓)、有的則為普遍的美女典型;以作畫動機而言,春宮畫滿足窺視狂、百媚圖在區判歌妓美色的等第、仕女畫存留美女的身影、肖像為特定的像主作形象紀錄;以圖像觀看而言,仕女畫呈現女性的姿儀態貌、肖像畫訴諸真人的比對想像、春宮畫與百媚圖則不同程度地展露了女性身體與情色主題。品美圖或春宮畫,滿足窺視的社會大眾,涉及了商業化課題,而塑造眾多美女典型的仕女畫,則是文人文化運作下的產物。」另在頁335,提到「晚明周履《天形道貌》一書中,認為神佛用正面十分像,乃取其端嚴之意,正面代表的是威儀。晚明男子肖像的正面性有幾點值得注意的社會特性,包括代表了標榜自我的思想活動、畫中人企圖與畫外世界形成互動的開放意識、觀畫人與畫中人視線相接所產生的視覺轉化……等,正面成為一種強化的視覺聯想,以達成規鑑性的道德聯想,使人起而效尤等,這些社會特性在女性肖像畫中,均付之闕如。」可一併對照思考柳如是之小像。

永保長壽，傳之不朽。柳是」）過於平整呆滯（不似柳如是風流放誕之人格），
或可評定爲商人造假之贗品，但頗值得注意的是硯匣木盒上所刻：

佩香近得柳河東夫婦題銘書畫硯，珍若拱璧，屬爲製匣，好而多癖

者，佩香其庶幾乎？　　夢樓並記

其中「夢樓」爲王文治（1730～1802）字禹卿，號夢樓，江蘇丹徒人。乾隆
進士，官雲南臨安知府。能詩，其書法與翁方綱、劉墉、梁同書齊名。有《夢
樓詩集》、《賞雨軒題跋》等。而「佩香」爲駱綺蘭，私淑袁枚，屬袁枚晚期
所收的女弟子，又事王文治爲師。這樣一個師生同臺的小小硯方，可以讓觀
者有無限寬廣的想像空間。

　　承前所述，周采泉的《柳如是雜論》曾對柳如是的遺物〔註45〕有過介紹，
至於新見資料如（一）谷輝之編《柳如是詩文集》附錄部分，（二）范景中輯
《柳如是事輯》下卷二蒐集了「鏡」、「印」、「筆筒」、「硯」、「畫」、「玉盃」
的相關題詠，在「硯」的部分，未見王文治的資料，王文治題詠詩〔註46〕中

〔註45〕周采泉，《柳如是雜論》，頁99～101。
〔註46〕王文治亦對柳如是的小像有八首題詠，一首詠芙蓉山莊的紅豆樹歌。其〈題
　　　虞山宗伯柳姬小照并傳〉：「葱嶺東頭女肆謹，沙彌結習未全刪。姬貌似小沙彌。
　　　凡心誤墮章臺柳。慧業終歸拂水灣。宗伯別墅。名色由來配名士，用唐人韓翃
　　　納柳姬語。河東今欲笑河間。宗伯稱姬曰『河東君』。宗伯死日，姬以身殉。西江徐
　　　仲光爲作傳。尚書有妾同關盼，不愧蓬萊舊綴班。」〈題河東君像二首〉：「柔
　　　條輕拂晚風前，可惜斜陽半壁天。雲卷絳河金作屋，春回紅豆玉爲田。深衣
　　　投刺才名噪，淡墨傳神畫格鮮。海蜃光芒隨變滅，波旬劫裏散花禪。」、「往
　　　事沉思話太長，夜烏辭樹燕辭梁。夢回不覺蓬萊淺，風過偏遺粉黛香。枚卜
　　　無端攖貫索，蒙鈔有意匹清涼。秋波閱盡滄桑局，成佛生天總斷腸。」〈又倒
　　　次前韻二首〉：「閱盡銷魂與斷腸，曉風殘月最淒涼。鵑啼碧血空餘淚，草長
　　　紅心尚有香。小影爭傳新畫本，雙棲莫問舊雕梁。漫天飛絮漫天恨，付與游
　　　絲繫短長。　　懺餘綺業到情禪，玉碎香消色尚鮮。鍼孔光陰龍漢劫，風輪
　　　身世馬塍田。海枯石爛原無地，蘤怨蘭愁卻問天。一代紅妝照今古，劍門山
　　　色落杯前。」而更值得一提的是，圖片頁46：題詠七：「一片飛花墮劫前，湖
　　　山金粉夕陽天。春風荳蔻迷香徑，秋雨蘼蕪冷墓田。鏡裏新妝爲帽側，袖中
　　　詩本墨痕鮮。牧翁撰列朝詩集，夫人爲定閨秀一卷。沾泥欲懺無生說，獨向情天
　　　證四禪。　　翦翦雙眸翠黛長，風流人物似齊梁。唐繙經證拈花諦，宋槧書
　　　薰辟蠹香。枕熟黃粱春夢短，莊荒紅豆墓雲涼。無窮家國傷心事，一事低回
　　　一曲腸。　　話到滄桑舊夢悽，絳河雲卷月輪低。樓前紅粉皮留豹，澗上青
　　　松絮漬雞。甲子詩題彭澤令，壬辰編付太常妻。楊枝不怨東風惡，披拂千條
　　　總向西。和蒙叟集中韻　舊題黃秋士畫河東君小象，更錄於此。乞叔黙世丈
　　　正定　辛丑十一月五日西蠡費念慈，時倚裝待發　直君」圖像上的詩句與費
　　　念慈抄本的文字僅有三個字不同（「秋雨蘼蕪冷墓田」中的「冷」爲「泣」；「翦

也未提及「硯」，故匣上文字真僞仍待考。目前文物資料，經筆者整理十類如下：

一、鏡。

    1. 六朝鏡〔註47〕，現藏松江朱孔陽先生家（見圖片頁39：圖一）。

    2. 河東君妝鏡〔註48〕，朱雲裳（即雲間朱孔陽）藏。（搨本見圖片頁39：圖二）

    3. 青銅方鏡，上有「石家寶鏡」四字，亦爲朱氏所藏（參見圖片頁39：圖五）

二、硯。

    1. 蘼蕪硯〔註49〕（見圖片頁39：圖三，原圖標爲「蘼蕪鏡」，恐爲誤植，

翦雙眸翠黛長」中的「眸」爲「眉」；「唐繙經證拈花諦」中的「諦」爲「果」），就算同一位作者都有文句推敲斟酌、再三修改的可能，加上寫本與出版品更有時間上的差異，故此詩的文字異同，也就存而不論。

〔註47〕查初白（愼行）《金陵雜詠》及鈕玉樵（琇）《玉樵集》均有此鏡題辭，爲何河東君奩中物當可信。金石家趙次閑（之琛）有題此鏡二絕：「莫道蘼蕪不可尋，絳雲樓上有知音。那知宗伯多塵俗，孤負蛾眉一片心。」、「南朝事跡已如煙，留得菱花豈偶然。黑白分明傳鏡裏，枉教私語送殘年。」此二詩並非佳作，唯「黑白分明」一語，正用河東君諧謔故事耳。今經張壽平教授指正，「六朝鏡」之名爲誤，此鏡爲「照日銘」鏡，屬隋代「詩銘瑞獸紋銘帶鏡」。而〔清〕汪遠孫《清尊集》載錢塘汪菊孫〈河東君妝鏡詩〉，稱鏡爲唐鏡（按，亦誤也），背有銘云：「照日菱花出，臨池滿月生。官看巾帽整，妾映點妝成。」（按：即本圖所示之廿字銘文）汪題詩〈次初白韻〉：「紅粉偏能國士知，可憐末路事參差。流傳一片開元月，曾照香奩夜選詩。」（《柳如是別傳》，頁277）

〔註48〕陳子龍〈虞美人・詠鏡〉云：「碧闌囊錦妝臺曉，泠泠相對早。剪來方尺小清波。容得許多憔悴暗消磨。   海棠一夜輕紅倦，何事從教看。數行珠淚情他流。莫道無情卻會替人愁。」陳寅恪先生以爲臥子此詞，即爲題河東君物（河東君妝鏡）無疑。但此係其早年奩具，似爲方鏡，未詳原物時代，亦無特徵，姑存此詞待訪。

〔註49〕硯寬乾隆尺五寸，高三寸八分，厚一寸，質極細膩，鐫云紋，有眼四，作星月狀。硯背鐫篆書銘文：「奉云望舒，取水方諸，斯乃青虹貫晶之美璞，以孕茲五色珥戴之蟾蜍。」下隸書「蘼蕪」小字款，陽文「如是」長方印。右上鐫「凍井山房珍藏」一印，硯下則鐫「美人之貽」四字，左草書小字「汝奇作」三字。硯右則鐫「河東君遺研」五字，左小字「水岩名品」。舊藏溥雪齋（心畬）處，歲丁亥（1947）歸張伯駒。外有花梨木原裝盒，經羅振玉審定爲河東君 遺物。陳寅恪認爲錢柳結褵後，不應再用「蘼蕪」之號，意謂古詩「上山采蘼蕪，下山逢故夫」；王澐〈虞山竹枝詞〉更有「蘼蕪山下故人多」之譏，以爲「蘼蕪」應避而不用。但周采泉則認爲，今遺硯中「蘼蕪」與「如是」並用，則「蘼蕪」之號與古詩之「蘼蕪」殆偶合耳，何必拘泥。且柳氏

因旁邊文字說明仍是「蘼蕪硯」）。

2. 玉風殊硯（同前註 49，後半段所敘）

3. 絳雲樓掃眉鏡硯，亦爲朱氏所藏（見圖片頁 39：圖四、六、七）。

4. 河東君夫婦題銘書畫硯。（見圖片頁 40）

5. 秋水閣硯。（參見本書「緒論」註 3）

6. 柳如是寫經硯。（參見附錄五題詩目次 154 條）

三、青田石書鎮。

石長二寸五分，廣二之一，刻山水亭樹。款云：「仿白石翁筆」，小篆頗
工致。面鐫「崇禎辛巳暢月，柳蘼蕪制」。舊藏梅堰王硯農征士家，見仲
虎騰《盛湖志補》卷三。陳寅恪按：「此書鎮後人頗多題詠，如仲氏所引
張鑑、于源諸家詩即其一例。但此書鎮鐫有『崇禎辛巳暢月，柳蘼蕪製』
等語，則暢月爲十一月。……夫崇禎十四年辛巳六月七日，河東君與牧
齋結縭於茸城舟中。故此後不能再以「蘼蕪」爲稱，否則，「下山逢故夫」
之句，將置牧齋於何地？由此言之，此書鎮乃是贋品〔註 50〕。」（《柳如
是別傳》，頁 221）

四、印章。

1. 王瑗仲藏有柳河東小印，文曰：「柳氏私印」。〔註 51〕

2. 柳如是之小玉印，藏沈潢泉太史處，印文爲「柳是私印」四字，朱運
垞爲題四絕句。高絡園臨摹河東君書生像（見圖片頁 29：柳如是像
12），即向沈借印鈐之。後歸其族子沈蔚文。〔註 52〕

僅有一稿砧，若陳子龍，李問我，皆非夫妻關係，何「故夫」之有？

張伯駒在得蘼蕪硯之翌日，廠肆又以玉風殊硯來求售，乃錢謙益之硯也。硯
寬乾隆尺三寸強，高二寸七分，白玉質，雕作鳳形，刀工古拙，望而知爲明
制，外紫檀木原盒，上刻篆書銘文云：「昆岡之精，璠璵之英。琢而成研，溫
潤可親。出自漢制，爲天下珍，永宜秘藏，裕我後昆。」小字篆書款「牧齋
老人」，下刻陽文「謙益」方印。兩日之間，得此一雙夫妻硯，實爲巧合。張
伯駒曾有文記其事，題爲〈蘼蕪硯〉，收入《春游瑣談》第三集。今此硯尚存
張伯駒先生家，唯牧齋硯在「十年浩劫」中被抄走，下落不明。

〔註 50〕 周采泉認爲陳寅恪此說泥於古詩「上山采蘼蕪」之句，以爲錢柳結縭後不應
再用，其說未諦。按蘼蕪爲江蘺之嫩苗，以爲別號，正美人香草之意，故河
東君始終採用，有「蘼蕪硯」可證。

〔註 51〕 鄭逸梅，《藝林散葉》（1055 條）（收於《鄭逸梅選集》第三卷，哈爾濱：黑龍
江人民出版社，1991 年 5 月），頁 80。

〔註 52〕 同註 51，2299 條，頁 172。

3. 名醫何鴻舫，藏有雞血石章一方，文曰：「如是我聞室」，乃柳如是物。
〔註 53〕

4.「河東君水晶小印」，見黃樹椿〈河東君小像跋尾〉：家大人家兄既刻河東君小傳，而爲之題跋矣。椿復於友人處得見牛野草堂牙章，及河東君水晶小印，相傳爲錢宗伯絳雲物也。因並模之，以志一時佳話（谷輝之輯《柳如是詩文集・附錄二》，頁二五四）。

五、印冊。

1. 我（鄭逸梅）在市肆間購到沒有標籤的印拓冊，每一名貴的印拓後有些跋語，署名「石似」，考得此人姓談名恂，字道生，石似是他的號，乃無錫一位藏印家。（略）「秦淮八艷」，此印冊中只有四艷之印拓，爲柳如是、薛素素、顧橫波、卞玉京，展之如有脂香粉澤，溢紙而出，每印都有跋語，可見藏者之珍視。〔註 54〕

2. 平襟亞少時在海虞，於舊書鋪見宋版《常建詩集》，鈐絳雲樓印章，錢牧齋家燼餘物也。上有牧齋及柳如是親筆識語，以索值高，襟亞力不勝，旋爲丁祖蔭購去。〔註 55〕

六、題跋。

徐小圃富收藏，有薛濤所書《美女篇》原跡手卷，後有吳彩鸞、朱淑眞、管仲姬、柳如是、葉小鸞等題跋，尤爲珍秘。〔註 56〕（本書亦附珍貴題詠，可參看圖片頁 42～55）

七、筆筒。

王斯年〈柳如是筆筒歌〉一首：

雲煙潑染龍蛇走，珊瑚光映翹軒昂。梵海香珊優缽花，美人韻寄章臺柳。
詞陣談鋒冠一軍，桑田蔓草泣秋墳。馬櫻花謝餘紅豆，玉躞樓空鎖絳雲。
摩挲細認尚書筆，款鏤牧翁縱姿逸。色相難捐自在身，曼陀仍署我聞室。
想見抽毫拈韻時，白鬚紅袖鬥新詩。蟬衫釧褪揮應速，繭紙霞矜閣恐遲。
紛紛歸獄矜詩史，臣節餘生因女子。焚琴煮鶴得毋癡，況際琴椎鶴已死。
錦襪香消金碗亡，事關名豔易神傷。裘鍾倘篆桃根字，江左風流自屬王。

〔註 53〕 同註 51，3336 條，頁 256。
〔註 54〕 鄭逸梅撰《人物和集藏》（黑龍江人民出版社，1989 年），頁 360～361。
〔註 55〕 同註 51，3550 條，頁 279。
〔註 56〕 同註 51，3365 條，頁 259。

八、弓鞋底板。

蘇州濮仲謙水磨竹器，如扇骨、酒杯、筆筒、臂閣之類，妙絕一時。亦磨紫檀、烏木、象牙，然不多。或見其爲柳夫人如是製弓鞋底板二雙，又或見其製牛乳渾酪筒一對，風斯下矣。〔註57〕

九、玉盃。

丈之高祖湛源先生，精醫術，曾療河東君疾。宗伯以玉盃一，爲先生壽，子孫世守之，有年矣。緘鐍不謹，失去者垂三十載，丈復得之，徵時紀事。噫！趙文毅之兕觥，至今猶凜凜有生氣，而此盃之去留，不過用資譚助而已。然則君子其亦愼所守哉！〔註58〕

十、玉環。

語溪張片山家藏玉環一雙，相傳爲河東君故物。盛子見而感焉，作《玉環曲》。〔註59〕

〔註57〕 劉鑾撰，《五石瓠》，民國二十九年排印《庚辰叢編》本，卷三，頁7。
〔註58〕 翁心存，〈紅豆山莊玉盃歌，爲江靜蘭丈曾祁作〉，《知止齋詩集》，光緒三年刊本，卷5，頁12。其詩如下：
鯉魚風起夫容裏，欲落不落相思子。碧玉盃調九轉丹，返魂香罩霞文紫。
山莊紅豆花開香，尚書風流壽正長。鶗鴂夜叫瑤姬病，骨出飛龍臥象床。
此時儻絕尚書膝，異日存孤仗誰力！判將三寶謝神醫，祇爲佳人難再得。
仙人鴻術生春風，骨青髓綠顏桃紅。一服刀圭能駐景，祕方鈔得自龍宮。
尚書捧盃听然笑，當筵願比瓊瑤報。洞見胸中癥瘕來，盃膚湛湛蘭英照。
絳雲轉瞬劫飛灰，不及玲瓏玉一盃。二百餘年明月影，曾經羽化卻歸來。
盃中春色長不老，紅豆山莊滿秋草。
〔註59〕 盛大士，〈玉環曲〉，《蘊愫閣詩集》，道光元年刊本，卷三，頁9至10，其詩如下：
絳樓僾去苔空綠，垂楊垂柳傷春目。杳渺梨雲化碧煙，雙環剩有苔葎玉。
語溪賞鑒集名流，殘璧遺珠競討搜，張氏收藏推第一，河東故物到今留。
停匀肉好看無恙，晶瑩不受纖埃障。碧影雙懸秋月明，紅紋一點春雲釀。
精巧真同玒瑠簪，玲瓏合貯流蘇帳；埋玉深深金粉消，摩挲引我添惆悵。
當年瑤島來僾客，題詩好仿簪花格。徐佛才名遠近聞，絳紗弟子稱雙璧。
垂虹亭畔水初平，玉笛梅花愴別情。南浦未消春水恨，東風吹動珮環聲。
珮環聲動僾霞帔，尚書一見頻傾意。翡翠簾前柳眼顰，芙蓉舫裏花顏醉。
醉中巧笑鏡中顏，舞扇低迷壓鬢鬟。逸格蹁躚渾似玉，柔情宛轉妙如環。
玉連環似昭華琯，中邊一線清輝滿。粉盦香篝處處隨，晶奩銀蒜朝朝伴。
清波激灩濯明璫，小築琴河拂水莊。媛介才人停繡輦，元文嬌女贈新章。
纏聯贈答裁詩稿，詩情也似瑤環好。金鴨添香暗繞縈，玉蟾流影斜迴抱。
自從愽髻感秋風，紅粉叢殘首似蓬。玉羃啼痕籠淺碧，環凝淚點怨新紅。
尚書身後家蕭索，秋槐霧影迷粧閣。已恨金甌好夢虛，那堪黌產傷零落。

四、小結

　　對於層出不窮的柳如是相關文物，黃裳表示：「三百年來，一切大小文士只要碰到與她有些牽連的事物，無不賦詩撰文，感慨一番。一張小像，一顆印章，一面鏡子，一隻筆筒，都是發洩幽情的好題目。」〔註60〕陳寅恪在討論柳如是鏡時，亦發此說：

> 清代文人集中賦詠河東君遺鏡作品頗多。然大抵轉襲舊文，別無新說。既是釀詞，無關考證。且後人所詠之鏡，究難定其真偽，故不備引。（《柳如是別傳》，頁277）

而文物的真偽既難評定，或許不用拘執於真贗與否的表相。人生自是有情癡，此恨不關真與偽。一如唐文標在「找張」中感嘆「十年收集張愛玲」：

> 有時，發掘古墓比寫作難得多，一方面古墓有的是，一方面卻常發掘時碰見社鼠城狐，或更羼雜屍氣和地氣。些末的辛酸總會隨人。〔註61〕

「辛酸隨人」一直是愛書狂對於出土文物的態度，在摩玩比看、望聞問切中而樂此不疲。尤其「名女人」〔註62〕的文物、衣飾，似乎更具有特殊的文化消費符碼。而且，從明代中葉以後，文人生活中不可或缺的文房器皿，亦被

　　罡風碎玉痛倉皇，環珮魂歸碧玉房。一死頓消風浪險，千秋遂使姓名香。
　　舊時陳跡皆灰塵，玉籤縹帙無人問。吉光片羽剩雙環，珍藏不數劉娘印。
　　玉環聲價重連城，秋水冰壺一樣清。繡匣開時看皎潔，紅棉裹就更輕盈。
　　可憐東澗風流歇，讓與蛾眉著名節。玉女同耕種玉田，山人罷采西山蕨。
　　儇妹雙珮落人間，舊淚猩紅散作煙。亥字穿珠工點綴，丁香染黛自勻圓。
　　即今見物多振觸，百年脂粉空金屋。我向花前斟玉環，彈成綠綺傷心曲。
　　曲罷燈殘酒半醺，語濂溪水澹黃昏。屏間忽聽珊珊響，竹影依稀月下魂。

〔註60〕 黃裳，〈關於柳如是〉，《榆下說書》（北京：生活‧讀書‧新知三聯書店，1982年2月1版1刷，1998年5月1版2刷），頁146。

〔註61〕 唐文標，〈張愛玲的可口可樂──跋一本書〉，《張愛玲卷》（臺北：遠景，1983年11月初版，1983年1月再版），頁345～346。

〔註62〕 張愛玲的《對照記──看老照像簿‧序》：「『三搬當一燒』，我搬家的次數太多，平時也就『丟三落四』的，一累了精神渙散，越是怕丟的東西越是要丟，倖存的老照片就都收入全集內，藉此保存。」（臺北：皇冠，1994年6月）。張小虹的《絕對衣性戀‧序》：「這些年流目顧盼的深情所託，想從衣飾窺看大千世界、古往今來，想『衣』葉落而天下秋，想『衣』言以蔽之。」（臺北：時報，2001年2月）。楊澤編，《作家的衣櫃》（臺北：時報，2000年12月），此書也展現了當代臺灣文學作家將其私密衣櫃轉化成文化符語，雖然分為女／男性篇，23／16的篇數比例，似乎說明女性作家的服裝和寫作，具有高度的自戀、自愛的展示成分。

承認屬於文學藝術的一部分，而形成了對筆、墨、紙、硯、帖、圖、珍玩的
品鑒，至晚明更儼然形成一套賞鑑美學、生活閑賞美學〔註 63〕。職是之故，
從柳如是的接受層面來考察，雖然文物有眞或假，「定其眞僞」爲歷史學、考
古學之工作，而「備引」文物資料，或許更能呈現柳如是爲後人所擁抱的面
相。而從「接受美學」的觀點中，經由清人乃至現當代的讀者、收藏家、畫
家的期待視野，塡補了我們對柳如是氣節評價的史料，其意義變化價值浮沉，
可由性別的角度分別探討（詳見下文柒、捌章），小像文物在讀者心中產生的
效果，自有歷史價值，也修正、闡釋了「柳如是」的文學作品，不僅是文學
遺產，更是活的文化藝術、動的文化產業！

〔註 63〕 如陳萬益教授，《晚明小品與明季文人生活》（臺北：大安出版社，1988 年初
版）。黃明理，《晚明文人型態之研究》（臺灣師大國研所碩士論文，1989 年）。
林素玟，〈晚明「賞鑑」的審美意識〉，收入淡江大學中文所《文學與美學》
第五輯（臺北：文史哲，1995 年）。鄭幸雅，《晚明清言研究》（中正大學中文
所碩士論文，2000 年 7 月）。毛文芳，《物・性別・觀看——明末清初文化書
寫新探》（臺北：學生書局，2001 年 12 月）。龔鵬程，《晚明思潮》（臺北：里
仁書局，1994 年）；《飲食男女生活美學》（臺北：立緒文化，1998 年）。周志
文，《晚明學術與知識分子論叢》（臺北：大安出版社，1999 年 3 月）。羅中峰，
《中國傳統文人審美生活方式之研究》（臺北：洪葉，2001 年）。